LAS MELLIZAS EN SANTA CLARA

Enid Blyton

LAS MELLIZAS EN SANTA CLARA

Traducción de C. Peraire del Molino

MOLINO

Título original: *Summer term at St. Clare's*

Publicado originalmente por Editorial Molino

Santa Perpètua, 12 – 08012 Barcelona
www.rbalibros.com / rba-libros@rba.es

Maquetación: Víctor Igual.
Primera edición: marzo 2007.

ISBN: 978-84-7871-861-0
Referencia: MOSL060
Depósito Legal: B-13352-2007
Impreso por Novagràfik (Barcelona)

ÍNDICE

NOTA

Este libro es el tercero de la serie de las «Mellizas», que por sí solo constituye una obra completa.

El primer tomo, «Las mellizas cambian de colegio», trata de la llegada de Pat e Isabel O'Sullivan al colegio. Estaban dispuestas a portarse mal para que las enviasen a su casa. Lo que hicieron, sus aventuras y desventuras, componen una divertida historia.

El segundo tomo, «Las mellizas O'Sullivan», describe el segundo curso en Santa Clara y presenta a algunas muchachas nuevas, buenas y malas. *Mam'zelle*, naturalmente, aparece en muchos capítulos, malhumorada y fiera, pero con su propio sentido del humor.

Este libro, «Las mellizas en Santa Clara», continúa la historia de Santa Clara y el primer curso.

ENID BLYTON

CAPÍTULO PRIMERO

DE VUELTA AL COLEGIO

—¡Cuatro semanas de vacaciones! —exclamó Pat O'Sullivan sentándose en la cama la primera mañana de las vacaciones de Pascua—. ¡Qué estupendo! ¡Espero que haga buen tiempo!

Su melliza dio media vuelta bostezando.

—Qué agradable es no tener que levantarse en cuanto suena la campana del colegio —dijo somnolienta—. Voy a echar otro sueñecito.

—Pues yo no —replicó Pat saltando de la cama—. ¡Oh... Isabel...! ¡Hace un día sencillamente perfecto! Levántate y ven a dar una vuelta por el jardín.

Pero Isabel había vuelto a dormirse. Pat se vistió para bajar. Se sentía feliz y excitada. El primer día de las vacaciones era siempre estupendo. Todo lo de casa resultaba nuevo, atrayente y acogedor. ¡Incluso las gallinas con pintas de color castaño del patio parecían cloquear un saludo de bienvenida!

«El colegio es maravilloso... pero las vacaciones también —pensó Pat—. Oh, allí está brotando el primer narciso... y aquellas azulinos... tienen exactamente el mismo color del cielo de abril.»

Cada melliza disfrutó a su manera de aquel primer día de vacaciones. Isabel ganduleó tranquila y feliz, y Pat corrió de un lado a otro, viéndolo todo y a todos. Su madre se reía satisfecha al ver de qué distinta manera se divertían.

—A la vista sois tan iguales como dos gotas de agua —les dijo—, pero soléis comportaros de un modo completamente opuesto. ¡Espero que continúe este buen tiempo... para que os pongáis bien tostadas! ¡Bueno... disfrutad cuanto podáis, queridas, porque estas cuatro semanas pasarán pronto!

—¡Oh, mamá... cuatro semanas son mucho tiempo... siglos! —dijo Pat.

Pero aunque al principio les parecieron siglos, una vez pasados los primeros días parecían transcurrir muy de prisa. Las mellizas se sorprendieron al descubrir que había transcurrido ya una semana... luego diez días... y después quince.

—Nuestra prima Alison va a venir a pasar estas dos últimas semanas con nosotras, ¿verdad, mamá? —preguntó Pat—. ¿Cuándo llegará? ¿Esta semana?

—El jueves —contestó la señora O'Sullivan—. A propósito, su madre me dijo ayer por teléfono que ha mejorado mucho después de un curso en Santa Clara... ya no es tan tonta y presumida.

—Eso es verdad —replicó Isabel recordando las regañinas que su obstinada prima había recibido en Santa Clara durante el último curso. Aprendió muchas lecciones... bueno, igual que nosotras el primer año. Me alegro de que nos enviases allí, mamá. Es un colegio estupendo. Ya estoy deseando volver. ¡El curso de verano debe de ser magnífico!

—Dos semanas más —dijo Pat—. Escucha... ¿no te gustaría volver a jugar al tenis? Me pregunto si jugaremos algún partido. Isabel y yo éramos capitanas de tenis en Red-roofs, nuestro antiguo colegio, pero supongo que el tenis de Santa Clara es de bastante más categoría.

—Vamos a marcar la pista y juguemos —propuso Isabel entusiasmada, pero la señora O'Sullivan meneó lo cabeza.

—En abril no se puede jugar —les dijo—. Estropearíais el césped. Telefonear a Kate Johnston y ved si podéis organizar un partido de dobles en su pista dura.

¡Y fue por el afán de la pobre Isabel por practicar el tenis por lo que se estropearon el resto de las vacaciones! Fueron a casa de Katie Johnston y jugaron un partido de dobles con otra chica, Winnie Ellis. Winnie jugaba muy mal y todas se aburrieron.

Cuando Katie se quedó un momento a solas con las mellizas se disculpó por Winnie.

—No comprendo qué le ocurre hoy —les dijo—. Suele jugar muy bien, pero hoy lo envía todo a la red. Dice que le duele la cabeza, puede que no se encuentre bien.

Realmente la pobre Winnie no estaba en su mejor momento. Aquella noche se acostó con paperas y su madre telefoneó en seguida a los padres de Katie.

—¡Lo siento muchísimo —dijo—, pero Winnie tiene paperas! Espero que Katie las haya tenido ya, o de lo contrario me temo que tendrá que guardar cuarentena.

—Sí, Katie ya las ha tenido, gracias a Dios —repuso

la señora Johnston—. Pero no sé si las habrán tenido también las otras dos niñas que estuvieron jugando hoy al tenis... las mellizas O'Sullivan. Tengo que telefonear a su madre para decírselo.

Aquella noche sonó el teléfono mientras las mellizas estaban cenando con sus padres. La señora O'Sullivan fue a atender la llamada, y no tardó en regresar con aspecto preocupado.

—¿Qué ocurre? —le preguntó el señor O'Sullivan.

—Era la señora Johnston —dijo la madre de las mellizas—. Pat e Isabel estuvieron hoy en casa de Katie jugando al tenis... y la cuarta era Winnie Ellis, que esta noche tiene paperas... ¡y las mellizas no las han tenido!

—Bueno, mamá, nosotras no nos acercamos demasiado a ella ni respiramos su aliento —dijo Pat—. No nos pasará nada.

—Eso espero, querida —replicó su madre—. Pero el caso es que ahora deberéis estar las dos en cuarentena... y la cuarentena de las paperas es bastante larga. Me temo que no podréis volver al colegio a principio de curso.

Las mellizas la miraron con pesar.

—¡Oh, mamá! ¡No nos dejes perder el principio de curso! Es una de las épocas más agradables. ¿No podremos volver a tiempo?

—Pues no, si es que tenéis paperas —dijo su madre—. Veré al médico para que me diga exactamente cuánto tiempo tenéis que permanecer apartadas.

¡Pobres mellizas! El doctor dijo con toda firmeza que no podrían regresar al colegio hasta una semana después de haber empezado el curso. Pat e Isabel hubieran llorado de rabia.

—Vaya, vaya... cualquiera diría que os gusta ir al colegio por la manera en que os lo tomáis —les dijo riendo su padre al ver sus caras tristes—. Yo hubiera dicho que estaríais muy contentas al tener una semana más de vacaciones.

—Pues no cuando todas las demás estarán de vuelta en el colegio apoderándose de los mejores pupitres, escuchando todas las novedades de las vacaciones y viendo si hay alguna alumna nueva —dijo Pat—. La primera semana es estupenda cuando entramos todas juntas. ¡Oh, buena la ha hecho Winnie Ellis! ¿A quién se le ocurre coger paperas y estropearlo todo?

Bueno, ya se sabe que a veces ocurre este tipo de cosas —dijo su madre—. No importa. Procurad disfrutar durante esta semana extra de vacaciones. Permaneced al aire libre todo el tiempo que podáis y esperemos que ninguna de las dos tenga paperas.

Durante la cuarentena, las mellizas no pudieron salir a merendar, ni invitar a nadie a jugar con ellas, así que se aburrieron bastante. Se alegraban de tenerse mutuamente, en especial cuando llegó el día en que las niñas regresaron a Santa Clara para el curso de verano.

—Me pregunto si nos echarán de menos —dijo Pat.

—Pues claro que sí —replicó Isabel—. Nuestra prima Alison les dirá lo que nos ha ocurrido. ¡Qué suerte para ella que no haya venido a pasar unos días con nosotras antes de que tuviéramos que guardar cuarentena, o también hubiera tenido que quedarse! ¡Oh, qué mala suerte! ¿Qué hora es? Ahora estarán cogiendo el tren y charlando en los vagones como cotorras.

—Quisiera saber si habrá alguna nueva —dijo Pat—.

¿O alguna profesora nueva? Oh, Dios mío... ¿te acuerdas de las bromas que gastó Janet a la pobre *Mam'zelle* el curso pasado? ¡Casi me muero de la risa!

—No podemos participar de los regalos —dijo Isabel con pesar—. Antes de que regresemos se habrán comido ya todos los pasteles y demás golosinas. Oh, ojalá pudiéramos ir hoy. Allí estará Janet... e Hilaria... y Doris... y Katy... y Lucy y Margery... Aunque deben de haber pasado al segundo o tercer curso, supongo... Y Sheila también habrá vuelto, y Tessie.

—No pensemos más —dijo Pat—. ¿Te sientes como si fueras a tener paperas, Isabel? ¿Te duele la cabeza, las mandíbulas, el cuello o algo?

—Nada —repuso Isabel—. ¡Escucha, sería espantoso que cogiéramos las paperas el último día de la cuarentena y ni siquiera entonces pudiéramos regresar!

—¡Cualquiera diría que no os gusta estar en vuestra casa! —dijo la señora O'Sullivan entrando en la habitación—. Bien, es agradable pensar que deseáis tanto ir al colegio, pero sed razonables y sacad el mayor partido posible de esta última semana. Yo no creo que aparezcan ya las paperas, así que animaos y pensad que la semana próxima ya podréis regresar.

Procuraron seguir el consejo de su madre. Hacía un tiempo espléndido y pasaban todo el día en el jardín, ayudando al jardinero, o ganduleando en la hamaca. Pero el tiempo transcurría muy despacio y cada noche las mellizas se observaban mutuamente para ver si aparecían los síntomas de las paperas.

Por fin la cuarentena llegó a su término y el doctor acudió para asegurarse de que podían regresar al colegio.

Las mellizas corrieron al gran comedor y abrieron la puerta.

Les sonrió amablemente, y después de examinarlas, hizo que el corazón les diese un vuelco al decirles:

—Bueno, queridas... me temo... lamento muchísimo deciros... que mañana ya podéis regresar al colegio.

Las mellizas se habían mirado llenas de inquietud al oír sus primeras palabras, pero cuando terminó la frase sonrieron, lanzando gritos de júbilo.

—¡Hurra! Podemos ir al colegio mañana. ¡Hurra! Mamá, ¿podemos ir a hacer las maletas?

—Ya está todo preparado —repuso la señora O'Sullivan con una sonrisa—. Ya me figuraba que estabais bien... y por eso hoy os preparé las maletas. ¡Sí... incluso las cajas con obsequios!

Así que al día siguiente las mellizas salieron para Londres con su madre y allí tomaron el tren para ir a Santa Clara. Se sentían felices y excitadas. Pronto volverían a ver a todas sus amigas y a gozar de las emociones de la vida escolar. Se sentarían en la clase bajo la mirada severa de *Mam'zelle*, reirían con los trucos de Janet, y se enterarían de las últimas noticias. ¡Qué divertido!

El tren se alejó del andén y a las mellizas les pareció que tardaba siglos en llegar a la estación donde estaba Santa Clara. Al fin llegó y las dos niñas se apearon llamando a un mozo para que les llevara el equipaje. Por lo general era el ama quien se encargaba del equipaje y de todo, incluidos los billetes... pero como esta vez iban solas tuvieron que hacerlo todo ellas por su cuenta, cosa que les divirtió mucho.

Llamaron a un taxi, metieron dentro el equipaje, y se dirigieron hacia el gran edificio blanco que se divisaba en la distancia, y cuyas altas torres gemelas dominaban el hermoso valle.

—Viejo Santa Clara —dijo Pat al ver el edificio más de cerca—. Qué agradable resulta verte de nuevo. ¿Qué estarán haciendo las chicas, Isabel?

Cuando llegaron las mellizas estaban tomando el té. Resultaba extraño llegar solas y que Juana, la doncella, les abriera la puerta con aire muy elegante.

—¡Hola, Juana! —exclamaron las mellizas—. ¿Dónde está la gente?

—Merendando, señoritas —contestó Juana—. ¡Será mejor que entréis antes de que hayan acabado con todo!

Las mellizas corrieron al gran comedor y abrieron la puerta. Una enorme algarabía llegó hasta sus oídos... todas las niñas charlaban alegremente. Al principio nadie las vio. Luego Janet alzó la vista por casualidad y reconoció a las mellizas de pie ante la puerta, todavía con el abrigo y el sombrero puestos.

—¡Pat! ¡Isabel! —exclamó—. ¡Mirad, Hilaria, Katy, han regresado! ¡Hurra!

Y poniéndose en pie de un salto corrió a saludarlas. Y ante la mirada asombrada de la señorita Roberts, que estaba sentada a la cabecera de la mesa del primer curso, Katy e Hilaria hicieron lo mismo. Entre todas arrastraron a las mellizas a su mesa y les hicieron sitio. La señorita Roberts las saludó con una sonrisa y una inclinación de cabeza.

—¡Celebro que hayáis vuelto! —les dijo—. Podéis quitaros el sombrero y el abrigo y colgarlos en la silla, de momento. ¡No sé si estas hombronas del primer curso os habrán dejado mucho que comer, pero si no es así, no dudo de que podrán traeros más de la cocina!

¡Qué agradable era estar una vez más entre sus compañeras! ¡Qué divertido hacerles preguntas y recibir sus respuestas! ¡Qué acogedoras eran todas con sus miradas y sonrisas de bienvenida! Las mellizas se sentían muy felices.

—¿Cómo van las paperas?

—¡De manera que al fin habéis vuelto!

—Vuestra prima Alison nos lo explicó. ¡Qué mala suerte que no pudierais venir el primer día!

—*Mam'zelle* os ha echado terriblemente de menos... ¿no es cierto *Mam'zelle*?

—Ah, *ma chère* Pat, la clase de francés ya no es la misma sin ti e Isabel. Ahora no tengo a nadie a quien gritar *C'est abominable*! —dijo *Mam'zelle* con su voz profunda.

—¡Qué agradable es estar de regreso! —exclamó Isabel poniéndose mantequilla y mermelada sobre el pan—. Escuchad... hemos traído nuestras cajas de obsequios. Podemos abrirlas mañana.

—Nosotras hemos terminado ya todas las nuestras —dijo Hilaria—. No importa... dos o tres de nosotras celebran su cumpleaños este curso y os dejaremos tomar doble ración de pastel de cumpleaños para compensaros no haber participado de nuestras cajas de golosinas.

Sólo cuatro o cinco niñas de la gran mesa no dijeron nada. Eran nuevas y no conocían a las mellizas. Las miraban en silencio, pensando que debían de ser muy populares para que se les hiciera un recibimiento semejante. Pat e Isabel dirigieron una mirada fugaz y discreta a las desconocidas, pero no tuvieron tiempo para fijarse gran cosa, pues estaban muy atareadas intercambiando noticias y comiendo.

«Ya tendremos tiempo de sobra para conocerlas después», pensó Pat. «¡Cielos, qué agradable es volver a estar en Santa Clara!»

CAPÍTULO II

ACLIMATÁNDOSE OTRA VEZ

Ciertamente era muy agradable volver a estar en el colegio y oír el parloteo familiar y las risas, ver los montones de libros por todas partes y oír las exclamaciones acostumbradas:

—¿Quién ha cogido mi pluma? o ¡Cielos, no voy a terminar nunca este ejercicio!

Era agradable ver a la Matrona siempre sonriente, y a Winifred James, la primera de todo el colegio. Era divertido cambiar unas palabras con Belinda Towers, la capitana de deportes. Las mellizas la saludaron con unas sonrisas radiantes porque la apreciaban muchísimo. Era una de las más antiguas, pero por ser la encargada de organizar todos los partidos del colegio entero, era mucho más conocida de las clases inferiores que las otras muchachas mayores.

—¡Hola, mellizas! —les dijo deteniéndose para saludarlas después de la merienda—. ¿Qué tal estáis de tenis este curso? Espero que muy bien. Queremos jugar contra el San Cristóbal y Oakdene y darles una buena paliza—. ¿Habéis jugado durante las vacaciones?

—Sólo una vez —repuso Pat—. En nuestro antiguo colegio éramos bastante buenas, pero no creo que destaquemos mucho en Santa Clara.

—¡Caramba, cómo habéis cambiado desde que llegasteis aquí hace un par de años! —dijo Janet con una sonrisa picaruela—. ¡Las engreídas mellizas hubieran dicho en seguida que eran campeonas de tenis!

—Cállate, Janet —dijo Pat, molesta. No le gustaba que le recordasen cómo se habían comportado ella e Isabel durante el primer curso en Santa Clara. Les llamaban las «mellizas engreídas» y lo pasaron bastante mal.

—No te importen las burlas de Janet —dijo Lucy Oriell deslizando su brazo sobre el de Pat—. Ya sabes que perro ladrador es poco mordedor. Pat, este curso no voy a verte tanto como yo quisiera porque me han pasado a segundo.

—Lo imaginaba —repuso Pat con pesar. Ella e Isabel querían mucho a Lucy. El padre de Lucy sufrió un accidente el curso anterior, lo cual significaba que ya no podría volver a dedicarse a su trabajo, y por algún tiempo todas pensaron que la alegre y popular Lucy tendría que marcharse. Pero tuvo oportunidad de ganar una beca y quedarse en Santa Clara, ya que era muy rápida e inteligente. De manera que ahora la habían cambiado de clase y estudiaría con las ganadoras de las becas.

—Pues a Margery también la han cambiado de clase —dijo Lucy. Margery apareció en aquel momento. Era una muchacha alta de aspecto mayor que propinó una palmada en las espaldas de las mellizas.

—¡Hola! —les dijo—. ¿Os ha contado Lucy la mala noticia? ¡Yo también he pasado a segundo curso y me siento muy superior ante vosotras, las pequeñas! ¡Y cielos... estoy trabajando de firme! ¿No es cierto, Lucy?

—Sí —replicó Lucy. Margery era su amiga, y las dos estaban muy contentas de haber pasado de clase juntas.

—¿Quién más ha pasado? —preguntó lsabel mientras entraban todas en la sala común.

—Vera Johns y nadie más —dijo Janet—. Por lo demás nuestra clase sigue igual... aparte de las nuevas, claro. A propósito, vuestra prima Alison se ha hecho muy amiga de una de ellas... una chica americana, rica y engreída, que se llama Sadie Greene. Allí está.

Las mellizas miraron a Sadie. No cabía error posible. Aunque vestía de uniforme era evidente que su madre había utilizado los mejores materiales y que había sido confeccionado por una modista de primera. También saltaba a la vista que llevaba la permanente, y sus uñas estaban pulidas hasta tal punto que cada una de ellas brillaba como un diminuto espejo.

—¡Atiza! —exclamó Pat abriendo mucho los ojos—. ¡Vaya modelito! ¿Para qué la han enviado a Santa Clara?

—Ni lo imagino —replicó Janet—. No piensa más que en sí misma, y casi vuelve loca a la pobre *Mam'zelle*. Tiene el acento francés más espantoso que hayáis oído en vuestra vida y su deje americano es el peor de todo Hollywood. ¡Deberíais oírle decir *Twenty-four* (Veinticuatro). Cuando lo dice mejor dice «Twend-four-r-r-r-r» no importa las veces que se lo haga repetir la señorita Roberts. La verdad es que nos hemos divertido bastante en las clases de inglés. Aunque Sadie no es mala persona... Tiene muy buen humor y es generosa, pero no me parece buena compañía para vuestra prima. ¡Salen siempre juntas y no hablan más que de vestidos, permanentes y artistas de cine!

—Tendremos que atar corto a Alison —dijo Pat—. Acabo de verla y me ha parecido un poco más ligera de cascos que de costumbre. Vaya... ¿Quién es ésa? ¡Qué criatura más sorprendente!

—Ésa es nuestra Carlota —dijo Hilaria con una mueca. —Es medio española y tiene un genio más fiero que *Mam'zelle*, que ya es decir. Habla muy mal y tiene unas ideas muy extrañas... pero es muy divertida. ¡Veo que cualquier día la primera clase va a entrar en ebullición, entre ella y *Mam'zelle*!

—Oh, qué estupendo es haber vuelto —dijo Pat disfrutando de lo lindo con todas aquellas noticias—. Las nuevas parecen muy interesantes. Esperaba que hubiese algunas, pero siento que las otras tres vayan a segundo curso. Echaré mucho de menos a Lucy y a Margery, sobre todo.

Pat e Isabel no tenían que hacer ningún ejercicio aquella noche, pero en cambio tuvieron que deshacer las maletas y ordenar sus cosas. Abandonaron la ruidosa sala común y subieron a su dormitorio.

Hilaria les gritó a sus espaldas:

—Estáis en el número seis, mellizas. Yo también, y Janet, Prudencia Arnold, y una nueva, Carlota Brown. También están Katy y Sheila. Ya veréis cuáles son vuestras camas.

Las mellizas subieron por la amplia escalera para dirigirse al gran dormitorio. Estaba dividido en ocho habitaciones rodeadas de cortinas blancas que podían correrse o descorrerse a voluntad de las niñas. Pat encontró en seguida las suyas. Estaban una al lado de la otra.

—Vamos, de prisa —dijo Pat—. Quiero volver a bajar para seguir charlando. Todavía no sabemos nada de las otras tres nuevas. Una de ellas me ha gustado bastante... la que tiene la nariz respingona y los ojos pequeños.

—Sí, a mí también me ha gustado —dijo Isabel—. Parece simpática. He observado que ella y Janet hacen buenas migas. Apuesto a que también le gustan las bromas. Escucha... me parece que este curso va a ser bastante divertido, Pat.

Vaciaron las maletas y ordenaron sus cosas en los cajones de sus cómodas. Colgaron sus vestidos y abrigos en el armario y colocaron encima del tocador sus objetos de aseo. Pusieron también el retrato de su padre y su madre, sus cepillos y sus espejos.

—Creo que lo mejor será que vayamos a ver al ama y a la señorita Theobald —dijo Pat, cuando hubieron terminado. De manera que se dirigieron a la habitación del ama, que estaba allí ordenando montones de ropa blanca.

—¡Adelante! —les dijo con su voz alegre, y sonrió al ver a las mellizas.

—¡Los dos garbanzos negros otra vez! —exclamó—. Vaya, vaya... y yo que he gozado de una semana de verdadera paz sin vosotras... ¿Por qué no habéis pillado las paperas para darme un poco más de respiro? ¡Bueno... todo lo que puedo deciros es... que no se os ocurra tenerlas ahora y comencéis una epidemia!

Las mellizas sonrieron. Todas querían al ama. Tenía mucho sentido común y era muy alegre... ¡pero se enfadaba con la que perdiera demasiados pañuelos, rompiera las sábanas o no zurciera sus medias en seguida! En esos casos el ama bajaba a verlas en seguida y muchas veces las mellizas habían tenido que ir a su habitación para tratar de explicar en vano la desaparición de algunas cosas.

—Estamos muy contentas de haber vuelto —dijo Pat—. Tenemos muchas ganas de jugar al tenis y nadar, ama.

—Bien, recordad que habéis de traerme los trajes de baño después de bañaros —repuso el ama—. ¡No los metáis en los cajones con las cosas secas! Y ahora iros las dos... ¡a menos que queráis que os dé una buena dosis de una medicina nueva!

Las mellizas rieron. El ama tenía las botellas de medicina más grandes que habían visto en parte alguna. Sobre la repisa de la chimenea había una nueva. El ama la cogió y la agitó.

—¡Probadla! —les dijo.

Pero las mellizas salieron corriendo. Una vez en la planta baja fueron a ver a la señorita Theobald, la sabia y amable Directora. Llamaron a la puerta del salón.

—¡Adelante! —dijo una voz y entraron. La señorita Theobald estaba sentada ante su escritorio escribiendo. Se quitó las gafas y sonrió a las ruborizadas mellizas. Querían mucho a la Directora, pero siempre se sentían nerviosas en su presencia.

—¡Bien, mellizas! —les dijo—. ¡Todavía sigo sin saber quién es quién! ¿Tú eres Patricia? —Dijo eso mirando a Isabel y la niña meneó la cabeza.

—No, yo soy Isabel —dijo riendo—. Yo tengo más pecas en la nariz que Pat. Es el único medio de distinguirnos de momento.

La señorita Theobald rió.

—Bueno, eso será un medio sencillo para distinguiros cuando os tenga a las dos delante —dijo—, pero no me servirá de mucho cuando sólo vea a una. Ahora escuchadme, mellizas... quiero que este curso trabajéis de firme, porque la señorita Roberts cree que deberíais pasar a segundo curso la próxima temporada. ¡Así que a ver lo que hacéis! Quisiera que este curso procurarais tener los primeros puestos. Las dos sois inteligentes y podéis hacerlo.

Las mellizas se sintieron muy halagadas. ¡Naturalmente que lo intentarían! Qué divertido sería pasar a segundo el siguiente curso... y qué contentos estarían sus padres.

Salieron de la estancia decididas a trabajar a fondo... a jugar al tenis de firme y a nadar bien.

—Gracias a Dios que no cogimos las paperas —dijo Pat, feliz, mientras volvían a la sala común—. ¿No hubiera sido una pena perdernos más semanas del curso de verano?

Cuando llegaron a la sala común era ya hora de cenar y las niñas se dirigían al comedor charlando animadamente. Janet iba del brazo de la nueva de nariz respingona y ojos pequeños.

—Hola, Pat, hola Isabel —les dijo—. ¡Venid que os presentaré a la Chica Mala del Curso... Bobby Ellis!

Bobby sonrió y sus ojos se encogieron más que nunca. Desde luego parecía muy traviesa... y tenía un aire despreocupado que en seguida cautivó a las mellizas.

—¿De verdad te llamas Bobby? —le preguntó Pat—. Es nombre de chico.

—Lo sé —replicó Bobby—. Pero me llamo Roberta y

ya sabéis que el diminutivo de Roberto es Bobby... de manera que a mí siempre me han llamado Bobby también. He oído hablar mucho de vosotras, mellizas.

—Espero que te hayan contado cosas buenas y no malas —dijo Isabel, riendo.

—¡Lo que os gustaría saberlo! —replicó Bobby con un guiño mientras se alejaba con Janet.

Era divertido volver a sentarse a cenar y oír el parloteo familiar, coger las grandes rebanadas de pan y cubrirlas de carne en conserva o jamón, beber la leche con cacao y pedir a voces el azúcar. Todo era muy divertido y alegre, y a las mellizas les encantaba. Después las niñas regresaron a la sala común y pusieron la radio. Algunas hacían punto, otras leían y bastantes se limitaban a holgazanear.

Cuando llegó la hora de acostarse a las mellizas les parecía que llevaban semanas en el colegio. Parecía imposible que hubiesen llegado sólo unas horas antes.

Subieron la escalera bostezando.

—¿Qué tal andáis de trabajo este curso? —preguntó Pat asomando la cabeza por las cortinas de la habitación de Janet.

—Terrible —replicó Janet—. Siempre ocurre igual durante el curso de verano, ¿no te parece? Supongo que resulta más difícil porque todas estamos rabiando por estar al sol... pero la verdad es que la señorita Roberts este curso nos está convirtiendo en esclavas. Creo que alguna de nosotras tendremos que pasar a segundo curso la próxima temporada, y me imagino que no querrá que nos retrasemos en nada. ¡Cielos, qué matemáticas tuvimos la semana pasada! Espera y verás.

¡Pero ni siquiera pensar en lo exigente que estaba la señorita Roberts con las matemáticas pudo empañar la alegría de las mellizas aquella primera noche! Se acurrucaron en sus estrechas camas y se durmieron en seguida.

CAPÍTULO III

OTRA VEZ EN LA CLASE DE LA SEÑORITA ROBERTS

A la mañana siguiente las mellizas se despertaron antes de que sonara la campana llamándolas y permanecieron en la cama cuchicheando mientras el sol de mayo entraba por la ventana. Luego sonó la campana y las ocho niñas se levantaron, unas de un salto, como Carlota y las mellizas, otras con un gemido, como Sheila, a quien siempre le costaba tener que abandonar el cálido lecho, lo mismo en verano que en invierno.

Encontraron a su prima Alison que salía de su dormitorio del brazo de la muchacha americana, Sadie Greene. La miraron sorprendidas porque se había cambiado de peinado.

—¡Alison! ¿Qué has hecho a tu pelo? —dijo Pat—. Está horrible. ¿Te has creído que eres una artista de cine o algo parecido?

—Sadie dice que estoy muy bien así —replicó Alison mientras sus labios adquirían una línea resuelta—. Sadie dice...

—Eso es todo lo que sabe decir Alison ahora —observó Janet—. Parece un disco rallado que no hace más que repetir «Sadie dice... Sadie dice... Sadie dice... Sadie dice»

Todas rieron.

—*Sing* duda alguna ése *esg* un *peignado muig* bonito —dijo Doris imitando el acento americano de Sadie, y se echó a reír de buena gana.

—No sé lo que dirá la señorita Roberts —prosiguió Doris—. No le gustan mucho los peinados de fantasía, Alison.

—Bueno, pero Sadie dice... —comenzó Alison molesta, y en seguida todas las niñas repitieron el refrán.

—Sadie dice... Sadie dice... Sadie dice... —cantaron todas a coro, mientras Doris se subía a una silla cercana para dirigir el canto. Los ojos de Alison se llenaron de lágrimas con la facilidad acostumbrada.

—Veo que vuestra prima sigue abriendo el grifo con la misma facilidad del año pasado —dijo Janet con su voz clara, y Alison se volvió para ocultar su rostro. Sabía que a las niñas les molestaban sus lágrimas. Sadie la cogió del brazo.

—Oh, vamos —le dijo—. ¡*Eges* monísima y no debes dejar que se *buglen* de ti!

—No comprendo cómo vuestra prima puede ser amiga de esa americana tan vulgar —dijo una voz dulce al lado de Pat—. Es una suerte que hayáis venido. Sadie ejerce una malévola influencia en la clase.

Pat se volvió y vio que la que había hablado era Prudencia Arnold. No sabía si le agradaba o le disgustaba. Prudencia era bonita, pero su boca tenía un gesto duro y sus ojos, demasiado juntos, eran de un castaño claro.

Sonó la campana del desayuno y Pat se ahorró el tra-

Mientras Doris se subía a una silla para dirigir el canto.

bajo de contestar. Bajó corriendo las escaleras con las demás y susurró al oído de Janet:

—¿Ésa es Prudencia? Parece que se ha vuelto muy virtuosa.

—¡Sí, será mejor que tengas mucho cuidado con ella! —repuso Janet—. Es tan buena que un día reventará... y en cuanto a gastar una broma a nadie, bueno, sólo pensarlo le produce un ataque. Deberías haber visto la cara que puso el otro día cuando le lancé por el aire una goma a Hilaria durante la clase. Habría sido capaz de agriar la leche. Oh, a propósito... según ella está emparentada con toda la nobleza del reino. ¡Háblale del tema... resulta muy divertido!

—No habléis ahora, por favor —dijo la señorita Roberts mientras las niñas permanecían en pie para rezar la bendición de la mesa. Pat miró a Prudencia, que permanecía con la cabeza inclinada y los ojos cerrados, como la imagen viva de la bondad.

«En cambio Lucy Oriell es verdaderamente una buena chica —pensó Pat mirando a Lucy—, y me gusta mucho desde el primer día... Y sin embargo no trago a Prudencia y ella también parece buena. Tal vez sea porque no tiene el sentido del humor de Lucy. Me pregunto si será tan inteligente como Lucy para aprender las lecciones. Bueno, pronto lo veremos.»

Aquella mañana, la señorita Roberts leyó las notas de la semana, y la niña nueva, Pamela Boardman, iba en cabeza con noventa y tres puntos sobre cien. Prudencia Arnold estaba sólo por la mitad de la lista. Sadie, Alison, Carlota y Doris, en los últimos puestos.

—Pamela, lo ha hecho usted muy bien esta primera

semana —dijo la señorita Roberts—. Veo que ha tenido un promedio muy alto y que ha trabajado mucho en todas las asignaturas. Considerando que es usted la más joven de la clase... aún no ha cumplido los catorce... es muy meritorio.

Todas las niñas miraron a Pamela, que estaba sentada muy erguida en su pupitre, roja de satisfacción. Las mellizas la observaron con curiosidad. Ellas tenían ya casi quince años y les parecía extraordinario que una niña de trece fuera la primera de su clase.

«La veo muy pequeña incluso para tener trece años —pensó Pat—. Y ahora que ha dejado de ruborizarse, está muy pálida. Es como si se sintiera indispuesta. ¡Parece como si trabajara demasiado!»

Pamela no era una niña atractiva. Llevaba una gafas muy gruesas y los cabellos peinados muy lisos hacia atrás. Tenía un rostro grave siempre atento a todo lo que decía la señorita Roberts.

La señorita Roberts tenía algo más que decir. Repasó la lista de notas con su dedo índice y luego miró fijamente a Alison, Sadie, Doris y Carlota.

—Todas vosotras sois las últimas —dijo—. Bueno, ya se sabe que «alguien» ha de ser la última... pero no es preciso que nadie tenga un promedio tan bajo como el vuestro. ¡Siéntate bien, Sadie! Carlota, no hay necesidad de sonreír de ese modo a toda la clase. ¡No es divertido tener tan pocos puntos en todas las asignaturas!

Carlota dejó de sonreír frunciendo el ceño. Parecía una gitana enfadada con sus rizos negros, sus profundos ojos castaños y su piel morena. Ni siquiera el uniforme del colegio conseguía darle un aspecto normal. Miró a la señorita Roberts.

La señorita Roberts hizo caso omiso de su ceño y de su mirada y prosiguió con toda la calma:

—Doris, hace ya cuatro cursos que estás en mi clase, y estoy cansada de verte siempre en los últimos puestos. Este curso tendrás que estudiar más porque ya no puedes continuar durante mucho tiempo en esta clase.

—Sí, señorita Roberts —murmuró la pobre Doris. Las demás la miraron tratando de animarla. Doris era un verdadero zote... y no obstante era la niña más divertida de todo el colegio, capaz de hacerlas estallar en carcajadas con sus imitaciones de las profesoras y demás alumnas. Todas la querían, incluso las maestras, que trabajaban mucho tratando de enseñarle.

—Ahora tú, Alison —comenzó a decir la señorita Roberts mirando a la prima de las mellizas con intención de decirle que también ella debía esforzarse más—. Ahora tú, Alison... —pero se detuvo mirándola extrañada.

—Alison —le dijo—, hoy te encuentro algo raro. Me parece que te has olvidado de peinarte.

—Oh, no, señorita Roberts —comenzó Alison muy seria—. Sadie me ha enseñado un nuevo peinado. Dice que tengo una de esas caras que...

—¡Alison! ¿Acaso intentas decirme que llevas el cabello así a propósito? —exclamó la señorita Roberts fingiendo horrorizarse. Alison agachó la cabeza en seguida y las demás se rieron. La verdad es que Alison tenía un aspecto muy ridículo con todos los rizos recogidos en lo alto de la cabeza. La señorita Roberts no podía soportar lo que ella llamaba «perifollos» ni en los vestidos ni en los peinados.

—Sabes que no me gusta que pierdas parte de la clase, Alison —le dijo—, pero debo pedirte que vayas a ponerte el cabello de manera que no te dé ese aspecto tan extraño.

—Ya me imaginaba que la enviaría a peinarse como es debido —susurró Janet a Pat, pero el fino oído de la señorita Roberts captó el susurro.

—No habléis —dijo—. Seguiremos con la lección. Abrid vuestras matemáticas por la página dieciséis. Pat e Isabel, traed vuestros libros a mi mesa, por favor, y trataré de explicaros lo que la clase ha estudiado esta semana que vosotras no estabais. Las demás podéis seguir con lo que empezasteis ayer.

Durante un rato hubo silencio, mientras la clase te aplicaba al estudio. Alison volvió a entrar en la estancia sin hacer ruido y con las mejillas coloradas. Sus cabellos estaban ahora sueltos y cepillados convenientemente, y su aspecto era el que debía ser, el de una niña de catorce años. Sadie le dirigió una mirada de simpatía.

Prudencia y Pamela tenían las cabezas inclinadas sobre sus pupitres absortas en su tarea. Estaban sentadas una al lado de la otra, y Prudencia echó una rápida mirada al trabajo de Pamela para ver si sus sumas daban los mismos resultados. Janet le dio un codazo a Hilaria.

—¡Nuestra pía Prudencia no puede evitar mirar el resultado de Pam! —susurró abriendo el pupitre para que no la vieran hablar. Hilaria asintió. Estaba a punto de abrir el suyo para hacer un comentario, pero la señorita Roberts la estaba mirando y decidió no hacerlo. ¡La profesora no parecía dispuesta a soportar ninguna tontería aquel curso! ¡Su intención era que la clase marchase bien y que la dejasen en buen lugar cuando la mayoría pasase el siguiente curso a la clase de la señorita Jenks!

Pat e Isabel permanecieron junto a la señorita Roberts luchando por comprender lo que les explicaba. Las cinco semanas de vacaciones las habían oxidado, y les costaba volver a adquirir el hábito de concentrarse, pero al fin lo entendieron y regresaron a sus sitios dispuestas a trabajar. La señorita Roberts se levantó para dar una vuelta por la clase.

Una risa contenida hizo que se volviera a mirar. Bobby Ellis había colocado una hoja de papel secante sobre la cabeza inclinada de la desprevenida Prudencia, y allí seguía balanceándose ligeramente cada vez que ésta movía un poco la cabeza para consultar su libro de texto. Luego voló hasta el suelo ante la sorpresa de Prudencia.

—Supongo que puesto que has sabido encontrar tiempo para jugar con el papel secante, Roberta, también lo encontrarás para hacer las sumas de todas —dijo la señorita Roberts en tono frío. Bobby no contestó nada, ya que aún no tenía hechas ni la mitad de las sumas.

—Bueno, si no tienes hechas todas las sumas, y bien hechas, cuando pase por tu lado, te quedarás a hacerlas durante el recreo —prosiguió la señorita Roberts—. Prudencia, recoge el secante y ponlo encima de mi mesa.

—Señorita Roberts, yo no sabía nada de lo que Bobby estaba haciendo —dijo Prudencia nerviosa—. Estaba enfrascada en mi trabajo y...

—Está bien, Prudencia —replicó la señorita Roberts—. Y ahora, por favor, recoge el secante y vuelve a concentrarte.

La pobre Bobby se quedó sin recreo. No cabía la menor duda... ¡Aquel curso la señorita Roberts estaba en el sendero de guerra!

—¿Qué os dije? —exclamó Janet cuando hubo transcurrido al fin la mañana y las niñas fueron en tropel a lavarse para comer—. ¡Qué mañana! Alison tuvo que irse a peinar... nos regañó a la mayoría... Bobby se quedó sin recreo... a Janet le quitó puntos por hablar dos veces en clase... Doris se la cargó por dormirse en la clase de geografía... a Carlota la han echado de la clase por contestar... y nos han dado el doble de ejercicios que de costumbre. ¡Cielos, lo que va a ser este curso!

CAPÍTULO IV

LAS CINCO NUEVAS

Al cabo de un par de días las mellizas se habían aclimatado de tal manera que nadie se acordaba de que hubieran entrado más tarde. Ellas consideraban un poco injusto que las profesoras lo hubiesen olvidado tan pronto, ya que en algunas ocasiones las habían reprendido por no saber cosas que el resto de la clase había estudiado durante la primera semana.

Pero las mellizas eran inteligentes y pronto alcanzaron a las demás. En su antiguo colegio siempre les había encantado el curso de verano, y descubrieron que en Santa Clara también era muy agradable. Claro que aquel curso no hubo *lacrosse*, pero en cambio tuvieron tenis y natación... ¡y lo pasaron en grande!

En Santa Clara había ocho pistas, y Belinda Towers, que era la encargada, llevaba muy bien la tabla de horarios para que todas tuvieran oportunidad de practicar el tenis. La señorita Wilton, la delegada de deportes, era una entrenadora excelente, y pronto escogió a las niñas que jugaban mejor.

Margery Fenworthy, una de las antiguas de primer

curso que había pasado a segundo, era muy buena jugadora de tenis, igual que en todos los demás deportes. La señorita Wilton estaba encantada con ella.

—Es muy fuerte —le dijo a Belinda— y tiene un estilo preciso. Mira su saque, Belinda. Fíjate cómo lanza bien arriba la pelota y le da el golpe preciso cuando baja... para lanzarla por encima de la red. ¿Sabes? No me sorprendería que este curso ganase el campeonato y os derrotase a todas las antiguas.

—¡No me importaría! —repuso Belinda—. ¡Con tal de que gane también todos los partidos que juguemos contra los otros colegios! Ya sabe usted que este curso el Oakdene y el San Cristóbal han organizado campeonatos individuales. Tal vez podamos presentar a Margery como nuestra jugadora. Es mejor que yo.

—Bueno, no hay mucha diferencia entre las dos —replicó la delegada de deportes—, excepto que ella es muchísimo más fuerte.

Las mellizas jugaban muy bien al tenis y la señorita Wilton estaba muy satisfecha de su estilo.

—Entrenaras bien y podréis formar parte del equipo de la primera clase —les dijo—. Este curso jugaremos muchos partidos, de manera que os divertiréis si formáis parte del equipo.

Las mellizas enrojecieron de placer, y se hicieron el propósito de entrenarse todos los minutos que pudieran. Querían mucho a su colegio y estaban deseando hacer todo lo posible para darle fama entre los otros colegios.

Pero la señorita Wilton no estaba tan satisfecha con su prima Alison, a quien no le gustaban los deportes.

—Me hacen sudar y me pongo hecha una birria —decía siempre—. No me gusta correr de un lado a otro, sobre todo cuando hace calor. El pelo se me humedece y se me pega al cogote.

—Alison, me pones mala —dijo Bobby Ellis, que siempre decía lo que pensaba. En eso se parecía a Janet, aunque no tenía su genio—. No eres más que un pavo real, siempre deseando que te admiren.

—Alison prosperó mucho el curso pasado —dijo Pat, tratando de defender a su prima—. Realmente procuró superarse en *lacrosse*.

—Bueno, Sadie dice... —comenzó Alison olvidándose de lo que las niñas opinaban de su muletilla, y en el acto todas comenzaron a cantar a coro:

—Sadie dice... Sadie dice... Sadie dice... ¿Qué dice Sadie? —cantaron.

Alison se volvió de espaldas, enojada. Por lo general tenía muy buen humor, pero no soportaba que se burlasen de ella, y la verdad es que aquel curso ya comenzaba a cansarse Fue corriendo en busca de su adorada Sadie. A Sadie tampoco le interesaban los deportes. Era difícil saber lo que le interesaba, exceptuando los trajes, cabello, uñas, cutis... ¡y el cine!

A Sadie no le gustaba el tenis ni la natación. Aborrecía el agua igual que Alison. Ésta no podía soportar meterse en ella. «¡Está tan fría!», se quejaba desde lo alto de los escalones que conducían a la deliciosa agua de color verde, y allí permanecía temblando hasta que una de las niñas, exasperada, le daba un empujón y la lanzaba al agua. Entonces salía chapoteando y hecha una furia mirando a su alrededor para descubrir quién la había empujado, pero Bobby, Janet o quienquiera que hubiese sido ya estaba bien lejos de la piscina.

Sólo una de las nuevas era verdaderamente aficionada al tenis y a la natación: Bobby Ellis. Era una buena deportista, y tan atrevida que incluso empujó a la señorita Wilton dentro de la piscina, cosa que ninguna otra niña se hubiera atrevido a hacer. Nadie sabía lo que Bobby, La Despreocupada, iba a hacer a continuación. La verdad es que nada parecía importarle, e iba a la suya sin importarle las reglas ni los castigos. Jugaba muy bien al tenis y era una buena nadadora... pero ninguna de las otras nuevas servía para los deportes.

Prudencia no era deportiva. Consideraba que los juegos eran una pérdida de tiempo, pero únicamente porque ella no despuntaba en ellos. Se creía una buena conversadora y siempre procuraba discutir con las demás niñas sobre temas como: «¿Deberían gobernar el mundo las mujeres en vez de los hombres?» o «¿Deben las niñas recibir la misma educación que los muchachos?».

—¡Oh, cállate! —le decía Janet—. ¡Deja esas cosas para la Hora de los Debates, por amor de Dios! Si te tomases un poco más de interés por las cosas agradables de la vida e hicieses algo en vez de estar siempre hablando, cotorreando y exponiendo tus maravillosas opiniones, te iría mucho mejor. Yo te considero una tonta de cabeza hueca por todo lo que dices. ¡Caramba, si ni siquiera eres capaz de jugar a las cartas!

—Mi padre dice que las cartas conducen al vicio del juego —replicó Prudencia. Su padre era pastor protestante y la niña había sido educada muy severamente—. Mi tía, la que se casó con Sir Humphrey Bartlett...

Ante sus palabras se oyó un rumor. Las niñas estaban cansadas de oír hablar de las grandes relaciones de Prudencia, que las sacaba a relucir siempre que podía.

—Veamos —dijo Bobby fingiendo interesarse—. ¿Ésa es la tía que siempre tiene sábanas de seda azul en las camas? ¿O la que le dio un ataque porque a la doncella se le ocurrió entregarle la botella del agua caliente con una funda que no hacía juego con la colcha? ¿O la que tenía marcadas las servilletas con todas las letras del abecedario para que cuando tuviera invitados cualesquiera que fuesen sus nombres, siempre tuviese una servilleta con su inicial?

Prudencia enrojeció. En cierta ocasión había hablado de una tía suya que tenía sábanas de seda azul en las camas, pero nunca dijo nada de botellas de agua caliente ni de servilletas. Eso eran cosas de Bobby, pero no dijo nada.

—¡Bueno, sigue contándonos! —insistió Bobby—. Estamos deseando conocer las últimas notas de sociedad.

Pero Prudencia tenía el suficiente sentido común para no discutir con Bobby. Aunque ella era muy buena conversadora, no podía competir con la rápida e inteligente Bobby, que hacía reír a todo el mundo cuando discutía con alguien.

A Pamela Boardman le gustaba mucho el tenis y la natación, pero no tenía facultades para ninguna de las dos cosas.

—Veréis, antes de venir aquí siempre tuve señorita de compañía —explicó a sus compañeras—, y a ella no le gustaban los deportes. De todas formas, nunca me interesé por ellos. Me encantaba estudiar las lecciones.

—Mucho estudiar y poco jugar hicieron a Jack aburrido —dijo Pat—. ¡Eres demasiado lista para tener trece años! ¡Creo que te haría bien ser la última del curso por una vez, y divertirte al aire libre! Siempre estás encorvada sobre un libro.

Carlota no había jugado nunca al tenis y estaba completamente despistada. La señorita Wilton dijo que Carlota debía de imaginarse que la red tenía dos kilómetros de altura por su modo de lanzar la pelota por el aire... ¡casi hasta el cielo!

—Carlota, cuando yo era pequeña, jugaba con mis hermanos a un juego que le llamábamos «Tenis de chimenea» —dijo muy seria a la pobre niña—. Enviábamos la pelota hasta el tejado y tratábamos de meterla por la chimenea. ¡Bueno, a mí me parece que tú servirías para ese juego! Pero como no estamos jugando a chimeneas, me alegraría mucho que echases un vistazo a la red y procuraras tirar la pelota cerca de ella cuando saques. Vamos... lanza la pelota al aire... y luego dale con la raqueta para lanzarla por encima de la red.

Hubo un coro de risas de las espectadoras cuando Carlota arrojó la pelota alocadamente como de costumbre y ésta fue a parar a la huerta.

Nadando era por el estilo, aunque le gustaba muchísimo el agua y se encontraba en ella como en su elemento. Pero, como decía Belinda, nadaba como un perro, dando manotazos con las manos y los pies sin ton ni son.

—Nadas igual que mi perro —le dijo Katy Parece como si anduviera por el agua, y tú haces igual, Carlota.

Sadie no sabía nadar en absoluto, y aunque no le molestaba la frialdad del agua, como a Alison, aborrecía tener que poner sus cuidados cabellos dentro de un gorro de goma apretado, y se lamentaba de que el agua le estropeara el cutis. De manera que con excepción de Bobby Ellis, las chicas de primer curso decidieron que las nuevas alumnas eran una verdadera calamidad para los deportes.

—Es una lástima que nuestro curso haya perdido a Margery Fenworthy —dijo Isabel mientras observaba cómo aquélla atravesaba toda la piscina nadando bajo el agua. ¡Hubiera ganado el campeonato para el colegio, y qué orgullosas estaríamos las de primer curso!

Aquel año el mes de mayo fue maravilloso, cálido y soleado. La natación estaba en pleno apogeo, y el entrenamiento diario en las pistas de tenis hacía que la hierba se fuera quedando rala en la línea de saque. Muchas de las niñas tenían su jardincito en el colegio, y pronto estuvieron llenos de semillas de todas clases. La jardinería era la única afición por la que Pamela parecía interesarse. Escogió una zona extensa y allí plantó muchas semillas. También compró plantitas pequeñas, margaritas dobles, pensamientos aterciopelados y bonitos narcisos para marcar las líneas de su sector.

Dieron paseos por las colinas y a través de los bosques. Sadie y Carlota, al parecer, no sabían nada de la naturaleza y cometían algunos errores muy curiosos. Cuando Pat lanzó una exclamación al ver la cantidad de ranas que había en un estanque, Sadie las miró con interés.

—Esta primavera conseguí algunos huevos de rana —dijo Pat— y me salieron montones de renacuajos. La mayoría ahora se han convertido en deliciosas ranitas. Son monísimas.

—¿Es que los renacuajos cuando crecen se convierten en ranas? —dijo Sadie muy sorprendida, y las niñas se rieron de ella. No podían comprender por qué Sadie sabía tan poco de las cosas más sencillas y ordinarias.

—¿Es que antes no habías ido nunca al colegio? —le preguntó Pat.

—En América vivía casi siempre en hoteles con mi madre —repuso Sadie—. ¡Tenía una señorita que cuidaba, pero no sabía gran cosa! Veréis, la mayoría del tiempo mi madre se lo pasaba luchando por un pleito.

—¿Qué es eso? —preguntó Isabel.

—Pues, cuando murió mi padre, dejó un testamento muy particular —dijo Sadie—. Y parecía como si todo el dinero tuviese que ir a parar a sus hermanas. De manera que mamá tuvo que recurrir a la Ley, y tardó años en arreglarlo. Al fin lo ganó... y yo tendré mi dinero cuando cumpla los veintiún años. Es una buena fortuna.

—¿De manera que eres una heredera? —dijo Prudencia con admiración—. No me extraña que lleves trajes y cosas tan bonitas.

Era la primera vez que Prudencia oía hablar de la fortuna de Sadie, y a partir de aquel momento todas observaron que andaba continuamente detrás de Sadie.

—¿No veis a Prudencia asediando a la rica heredera? —exclamó Janet, molesta—. Se hizo amiga de Pamela para aprovecharse de su inteligencia... y ahora se hace amiga de Sadie porque algún día será rica. ¡De esa farsante!

—Eso es un poco injusto —replicó Pat—. Después de todo, Sadie es amable y generosa, y todas queremos ser amigas suyas por eso, no porque tenga dinero. Y Pam es muy simpática, aunque sea tan empollona. Yo no soy amiga suya porque quiera aprovecharme de su inteligencia, sino porque tiene un no sé qué agradable a pesar de tener la cabeza siempre metida dentro de un libro.

—Bueno, defiende a Prudencia si quieres —replicó Janet—. Yo la considero una farsante. No puedo soportar su aire de santurrona. ¿Y tú, Bobby?

Bobby también estuvo de acuerdo. Bobby no sabía fingir. Con ella siempre sabía uno a qué atenerse. Era cariñosa, amable y sincera a pesar de su actitud de «ahí me las den todas».

—Este curso estamos muy mezcladas —dijo Pat a Isabel mirando a su alrededor una mañana—. Somos un grupo muy complejo. ¡Habrá bastantes choques antes de que nos acostumbremos a estar juntas!

CAPÍTULO V

BOBBY GASTA UNA BROMA

Al cabo de dos o tres semanas el primer curso comenzó a marchar bastante bien. Las niñas comprendieron que la señorita Roberts estaba dispuesta a salirse con la suya y hacer que aprendieran, y no tardaron en descubrir que era más rápido preparar la lección a conciencia que tener que repetirla después de clase por no haberlo hecho antes.

Janet deseaba seguir con las demás el curso siguiente y por eso trabajaba de firme, pero Bobby Ellis, que se había convertido en su amiga íntima, no podía estudiar a fondo muchos días seguidos. Al poco tiempo ya se había cansado y entonces la clase tuvo algo de diversión. Porque cuando Bobby se cansaba de estudiar, encontraba alivio en las bromas y trucos. Janet siempre había sido estupenda para eso, pero Bobby era diez veces más ingeniosa.

A Bobby siempre le parecía demasiado larga la clase de matemáticas. No le gustaban y no veía de qué podían servirle.

—Ojalá pudiera hacer que las clases fuesen diez minutos más cortas —suspiró una mañana mientras se vestía—. La señorita Roberts dijo que hoy al final de la clase íbamos a tener examen oral, y ya sé que yo seré la última. ¡Ni siquiera soy capaz de pensar cuántos son siete veces ocho!

—Bueno, ¿no se te ocurre nada para hacer la clase más corta? —dijo Janet—. A mí los exámenes orales de matemáticas me gustan tanto como a ti. ¡Si pudiéramos adelantar el reloj cuando no mirase la señorita Roberts!

—Tiene ojos en la espalda —dijo Bobby—. Sería inútil estando ella allí. Si saliera un minuto de la clase... Pero nunca sale.

—¿No podrías hacerla salir? —preguntó Pat—. Tú siempre tienes muchas ideas. ¡Vamos... a ver si lo consigues!

Bobby siempre aceptaba un reto y, mirando a Pat, sonrió.

—¡De acuerdo! —exclamó—. Te apuesto un caramelo tofe contra otro de menta a que la señorita Roberts desaparece de nuestra clase durante la lección de matemáticas.

Todas las niñas estaban excitadas. Bobby era tan divertida. ¡Seguramente haría algo inusitado!

Y lo hizo. Durante la hora del desayuno estuvo absorta en sus pensamientos y se olvidó de untar de mermelada sus tostadas. Entre el desayuno y la primera clase, que era la de geografía, Bobby desapareció.

Fue a la sala común, que estaba desierta, puesto que las niñas estaban haciendo las camas y ordenando las habitaciones. Se sentó a escribir y con su clara letra de persona mayor, redactó dos líneas:

«Tenga la bondad de acudir a la sala común de las profesoras durante la clase después del recreo».

Y debajo agregó un garabato que podían ser las iniciales de cualquiera. Luego introdujo la nota en un sobre en el que puso el nombre de la señorita Roberts. Lo metió dentro de su cuaderno en espera del momento en que debiera utilizarlo.

—¿Aún no has pensado nada? —le preguntó Janet cuando Bobby subió para reunirse con sus compañeras—. Te he hecho la cama. ¿Qué has estado haciendo?

—Espera y verás —replicó Bobby con una mueca.

La clase de matemáticas era la primera después del recreo. Las niñas la aguardaban con impaciencia, preguntándose qué iba a ocurrir. Durante el recreo suplicaron a Bobby que les dijera lo que preparaba, pero ella no quiso.

Se llegó hasta la sala común mientras las demás estaban fuera en el jardín y, cogiendo la nota que había escrito fue a llevarla a la clase de la señorita Jenks, contigua a la de la señorita Roberts. Dejó la nota encima de la mesa de la señorita Jenks y, tras asegurarse de que nadie la había visto, volvió a salir al jardín.

«La señorita Jenks, al ver la nota pensará que lo han dejado en su clase por equivocación —sonrió Bobby para sus adentros—. Y enviará a alguna niña para que se la entregue a la señorita Roberts... y entonces veremos cómo la señorita Roberts sale disparada hacia la sala común de las profesoras. ¡Y si no muevo las manecillas del reloj mientras ella se marcha es que no me llamo Roberta Enriqueta Ellis!»

Todas las niñas corrieron en tropel cuando sonó la campana. Acudieron a sus clases y aguardaron a que fueran las profesoras a darles la lección siguiente. Hilaria permaneció junto a la puerta aguardando la llegada de la señorita Roberts.

—¡Chissss! ¡Ahí viene! —les avisó Hilaria, y las niñas se pusieron en pie al punto guardando silencio. La señorita Roberts entró dirigiéndose a su mesa.

—Sentaos —dijo, y las niñas obedecieron arrastrando las sillas—. Bien, hoy procuraremos hacerlo un «poquitín» mejor que ayer —prosiguió rápidamente—, ya que Pamela fue la «única» que tenía bien «todas» las sumas. Al final de la clase tendremos diez minutos de examen oral... y os advierto que ninguna ha de tener pocos puntos o habrá bronca. Alison, haz el favor de sentarte bien. No me gusta verte derrumbada encima de tu pupitre. Estás aquí para estudiar matemáticas y no para actuar como la Bella Durmiente y quedarte dormida cien años.

—Oh, señorita Roberts, ¿es que tenemos que tener examen oral en un día tan caluroso como el de hoy? —dijo Alison, cuyo cerebro trabajaba muy lentamente con el calor—. Este sol tan fuerte me da sueño al mediodía.

—Bueno, ya te espabilaré yo del todo si te veo dormida durante el examen —dijo la señorita Roberts muy seria—. Ahora... página veintisiete, por favor. Bobby, ¿por qué miras tanto hacia la puerta?

Bobby no se había dado cuenta de que sus ojos se dirigían continuamente a la puerta en espera de que la abriera una estudiante de segundo curso.

¿Es... es que estaba mirando la puerta? —dijo, sin que por una vez se le ocurriese nada mejor.

—Sí —replicó la señorita Roberts—. ¡Y ahora para variar mira tu libro! ¡A estudiar todas!

Bobby buscó la página veintisiete, pero no vio las sumas que había en ella. Se preguntaba si la señorita Jenks habría visto la nota. ¡Qué lástima si no la viera! Todo se estropearía.

Pero la señorita Jenks sí la había visto. Primero no se fijó porque puso sus libros encima, luego escribió algo en la pizarra para que lo copiara la clase, y fue a dar una vuelta para ver si todas lo habían entendido. Y hasta que envió a Tessie a buscar un libro a su mesa, no descubrió la nota.

Tessie levantó los libros... y debajo estaba la nota. Tessie vio que llevaba claramente escrito el nombre de la señorita Roberts.

—Aquí hay una nota para la señorita Roberts, señorita Jenks —dijo—. ¿Cree usted que la habrán dejado aquí por error?

—Tráemela —dijo la señorita Jenks, y Tessie se la llevó. —Sí... alguien habrá pensado que ésta era la clase de primer curso: Llévasela en seguida a la señorita Roberts, Tessie... y luego vuelve.

Tessie cogió la nota, salió del aula y fue a llamar a la puerta de la clase de la señorita Roberts, que estaba en el mayor silencio.

El corazón de Bobby pegó un brinco al oír la llamada, y alzó los ojos, expectante.

—¡Adelante! —dijo la señorita Roberts en tono impaciente, pues no le agradaban las interrupciones durante la clase. Tessie abrió la puerta y entró.

—Perdone, señorita Roberts —dijo cortés—, pero la señorita Jenks dijo que viniera a traerle esto.

¡Aquello estaba resultando mejor de lo que Bobby esperaba! Ahora parecía como si la propia señorita Jenks enviase la nota, y la señorita Roberts no sospecharía nada. La señorita Roberts tomó la nota, hizo una seña a Tessie indicando que ya podía marcharse y abrió el sobre.

Al enterarse de su contenido frunció el ceño. Era una contrariedad tener que abandonar la clase en pleno problema de matemáticas. Bueno, se marcharía rápidamente mientras la clase estudiaba, y averiguaría para qué la llamaban.

Dejó la nota encima de su mesa y se puso en pie.

—Seguid trabajando, por favor —dijo—. Estaré ausente un par de minutos. No habléis. Terminad lo que estáis haciendo, y trabajad de firme.

Todas las niñas levantaron la cabeza asombradas, porque adivinaban que de una manera u otra Bobby era la causante de la desaparición de la señorita Roberts... ¿Pero cómo había logrado que la señorita Jenks le enviase una nota que la hiciese salir? Todas miraron a Bobby, que sonreía encantada.

—¿Cómo lo hiciste, Bobby? —dijo Janet en un susurro en cuanto la puerta se hubo cerrado.

—¡Bobby! Tú no habrás escrito esa nota, ¿verdad? —exclamó Pat, sorprendida.

Bobby asintió y poniéndose en pie de un salto corrió hacia el reloj, que estaba sobre la repisa de la chimenea, y abrió la puertecita de cristal. En un periquete había adelantado las manecillas más de diez minutos. Cerró de nuevo el cristal y volvió a su sitio.

—¡Eres el mismísimo diablo! —dijo Hilaria, emocionada. Incluso Pamela estaba divertida. Sólo Prudencia tenía un aire desaprobador.

—Me parece una cosa muy fea —murmuró, y Sadie le dio un empujón.

—¡Bah, no seas boba! —le dijo con su acento americano—. ¿Es que no sabes apreciar una broma?

—Me pregunto qué estará haciendo la pobre señorita Roberts —dijo Janet—. ¿Qué le decías en la nota, Bobby? ¡Qué lista has sido al dejarlo en otra clase para que Tessie tuviera que traerla!

—Probablemente la señorita Roberts estará esperando sola en la sala común de las profesoras —replicó Bobby con una amplia sonrisa—. ¡No sé cuánto rato esperará!

La señorita Roberts estaba muy intrigada. Había corrido a la sala común perteneciente a las profesoras jóvenes,y no encontró a nadie. Pensando que las otras llegarían al cabo de pocos minutos, fue hasta la ventana y esperó, pero no llegó nadie.

La señorita Roberts, impaciente, golpeó el suelo con el pie. No le gustaba abandonar la clase. ¡Sus alumnas eran demasiado traviesas! No era posible dejarlas solas más de dos minutos. No se imaginaba lo que estarían haciendo en aquellos momentos.

«Iré a ver si la señorita Jenks sabe de qué se trata», pensó. De manera que se llegó a la clase de segundo curso y pronto estuvo interrogando a la sorprendida señorita Jenks sobre la supuesta reunión.

—Yo no sé nada —dijo la señorita Jenks—. Yo le envié la nota por Tessie porque la dejaron en mi mesa por equivocación. ¡Qué extraño, señorita Roberts!

La señorita Roberts regresó a su clase muy intrigada. Echó un rápido vistazo a su alrededor, pero todas las cabezas estaban inclinadas, como si todas las niñas trabajasen afanosamente.

«¡Demasiado bueno para ser verdad! —pensó la señorita Roberts, desconfiando—. La mitad deben de haber estado jugando, y la otra mitad charlando. No es posible pensar otra cosa cuando se trata de antiguas de toda confianza, más incluso que las mismas profesoras, y tan responsables que incluso podríamos dejar en sus manos la dirección del colegio. ¿Quién hubiera pensado que Winifred James, nuestra primera alumna, había sido expulsada de mi clase tres veces en una mañana por jugar a tres en raya con su mejor amiga?

Por primera vez, la señorita Roberts estaba demasiado absorta en sus pensamientos para mirar el reloj, y comenzó a pasear por la clase para ver lo que habían hecho. Cuando llegó a la última niña se dispuso a dar una orden.

—Es hora del examen oral. Así que cerrad los libros, por favor.

Pero al mirar el reloj se quedó sorprendida. ¡Vaya, si ya era hora de terminar la clase! ¡Qué de prisa había pasado el tiempo!... Claro que había perdido bastante rato esperando en la sala común para nada.

—¡Cielos, mirad qué hora es! —exclamó—. No podemos hacer el examen oral. Guardad vuestros libros, de prisa. *Mam'zelle* estará aquí de un momento a otro.

Con sonrisas de satisfacción y codazos secretos, las niñas se apresuraron a recoger sus libros. La señorita Roberts salió de la estancia para dirigirse a la clase de cuarto curso, donde debía dar también clase de matemáticas. ¡Se quedaron muy sorprendidas al verla llegar tan temprano!

—¡Oh, Bobby, te felicito! ¡Nos has librado del terrible examen oral! —dijo Alison—. ¡Eres maravillosa!

—¡Sí que lo eres! —exclamó Pat—. Ha salido todo a la perfección. ¡Maravilloso!

—Oh, eso no es nada —dijo Bobby con modestia, pero interiormente estaba emocionada por la admiración que despertaba. A otras niñas les agradaba que alabasen sus trabajos, o su habilidad en los deportes... ¡pero a Bobby le gustaba ser admirada por sus trucos y bromas!

Sólo Prudencia mostró desaprobación.

—No me parece justo —dijo.

—Bueno, entonces ve a decírselo en seguida a la señorita Roberts —replicó Bobby al punto—. Eres una santurrona. ¿Dónde está tu sentido del humor?

—Lo que Prudencia se merece es que le gasten algunas bromas a ella —dijo Janet—. Es demasiado buena para ser verdad. ¡Veamos si te crecen ya las alas, Prudencia!

Y simuló tantear en la delgada espalda de Prudencia, pero ésta se apartó porque Janet tenía los dedos muy afilados.

—El angelito en ciernes —dijo Janet—. Avísame cuando empiecen a crecerte las alas, ¿quieres?

La señorita Roberts estaba muy intrigada por la nota y por haber llegado tan pronto a la clase siguiente, pero esta vez no sospechó que se tratara de ningún truco. Sencillamente lo atribuyó a algún mal entendido y lo alejó de su mente. ¡Ni hubiera vuelto a pensar en ello si Bobby y Janet, envalentonadas por el éxito de su primer truco, no hubieran puesto en práctica otro parecido... demasiado pronto!

CAPÍTULO VI

JANET EN APUROS

A las niñas se les permitía ir juntas a la ciudad a merendar, de compras o al cine. Ninguna podía ir sola a menos que perteneciera al último curso. A las pequeñas les encantaba ir juntas para comprar caramelos, cintas para el pelo, pasteles, o si daban alguna película buena y era divertida verla.

Aquella semana proyectaban la película *Clive de la India*, y como el primer curso estaba estudiando el mismo período con la señorita Lewis en la clase de historia, decidieron ir a verla.

La señorita Lewis les animó.

—Desde luego que deberíais ir —les dijo—. Así vuestra lección de historia cobraría vida. Daré un premio especial a la mejor crítica escrita de la película presentada por cualquier alumna de primer o segundo curso.

Aquella semana tenían más dificultad para ir al cine las de primer curso que las de segundo. Las de primero tenían casi todas las tardes ocupadas entre unas cosas y otras.

—Yo no podré ir hasta el viernes —suspiró Janet—.

Tengo que limpiar el armario de la clase de arte esta noche, cuando iréis la mayoría. Oh, ¿por qué me ofrecería a la señorita Walker? ¡No sé hasta dónde va a arrastrarme mi buena voluntad!

—Pues no es probable que te arrastre muy lejos —replicó Bobby—. ¡De manera que anímate!

Janet arrojó una goma a Bobby. Estaban en la sala común con las demás y había un ruido ensordecedor. La radio estaba en un extremo de la habitación, algunas habían puesto el gramófono en el otro, y Sheila y Katy discutían a voz en grito.

—¿Es preciso tener la radio y el gramófono sonando a la vez cuando nadie escucha ni lo uno ni lo otro? —suplicó la voz de Pamela—. Estoy tratando de leer y recordar lo que he leído, pero es inútil.

—Bueno, Pam, no deberías estudiar ahora —le dijo Pat alzando la vista de su labor de punto—. Deberías descansar como nosotras. ¡Dice Sadie que incluso en sueños repetías fechas históricas!

—Bobby, cómprame una entrada para el viernes por la noche —dijo Janet buscando su goma por todas partes. Tendré que correr como una loca, ya lo sé, a menos que la señorita Roberts me perdone la hora de estudio de esa noche.

—A mí me la perdonó —dijo Hilaria—. Fui anoche y la señorita Roberts se portó maravillosamente... me dejó salir media hora antes para que pudiera ver la película.

—Bueno, le pediré que sea buena y que me deje salir a mí también —exclamó Janet—. ¡Oh!, ¿dónde está mi goma? ¿Por qué se la habré tirado a Bobby? ¡Qué desperdicio de goma!

Al día siguiente era jueves, y aquella tarde iban a ir al cine la mayoría del primer curso, excepto Janet, que debía cumplir su promesa y arreglar el armario para la señorita Walker.

«Le pediré a la señorita Roberts que mañana me deje salir más temprano —pensó Janet mientras sacaba toda clase de cosas del armario y las iba dejando tiradas en el suelo—. ¡Cielos, qué colección de cosas se reúnen en la clase de arte! ¡No creo que nadie haya arreglado este armario durante años!»

Al día siguiente Janet no tuvo suerte. Aquella semana le tocaba arreglar las flores de la clase, y la señorita Roberts descubrió que había muy poca agua en los jarrones. Se dirigió a Janet mirándola con desaprobación.

—No me extraña que nuestras flores inclinen la cabeza esta semana, Janet —dijo introduciendo el dedo en el jarro más próximo—. Este jarrón está casi vacío. Creo que deberías atender mejor tus responsabilidades, incluso las más pequeñas.

Janet enrojeció. Por lo general solía recordar las cosas pequeñas tanto como las importantes, pero aquel día las flores se le habían ido de la memoria. Murmurando una disculpa fue en busca de un jarro de agua.

Entró en la clase con él, y cuando iba a verter el agua en el jarrón que estaba en el dintel de la ventana, saltó el gato del colegio al otro lado del cristal.

Janet se sobresaltó tan violentamente, que sacudió el jarrón, e hizo que un chorro de agua fuera a caer sobre la cabeza de Prudencia. Se deslizó en seguida por el interior de su cuello y la niña lanzó un grito. La señorita Roberts alzó la visita, contrariada.

—¿Qué te ocurre, Prudencia? Janet, ¿qué es lo que has hecho?

—¡Oh, señorita Roberts! ¡Janet me ha empapado! —se lamentó Prudencia—. ¡Deliberadamente ha dejado caer un chorro de agua por mi cuello!

—¡No es verdad! —exclamó Janet—. El gato ha saltado a la ventana y me ha asustado, eso es todo.

La señorita Roberts miró fríamente a Janet. Había presenciado demasiadas travesuras de la niña para creer que se tratase sólo de un accidente.

—Prudencia, ve a secarte al vestuario —le dijo—. Janet, Prudencia estaba escribiendo una lista de datos geográficos para poder consultarla en el futuro; como ahora no podrá terminarla, quisiera que cogieras su libreta y esta noche, durante el estudio, se los copiaras.

Janet estaba desolada recordando su intención de pedirle permiso para salir pronto aquella noche.

—Señorita Roberts, la verdad es que ha sido un accidente —insistió Janet—. Escribiré lo que Prudencia estaba haciendo, pero, ¿no podría hacerlo durante el recreo y no durante el estudio?

—Lo harás durante el estudio —replicó la señorita Roberts—. Y ahora, ¿quieres dejar de jugar con el agua y ponerte a trabajar?

Janet apretó los labios y salió de la habitación. Ahora sí que no podría ver la película. Cuando iba al vestuario a dejar el jarro se encontró a Prudencia, que se había secado muy de prisa, porque en realidad no estaba tan mojada como había dicho.

—¡Prudencia! Tú sabes que eso ha sido un accidente —dijo Janet deteniéndola—. Esta noche quiero salir pronto para ver *Clive de la India*, y no podré ir a menos que seas sincera y vayas a decirle a la señorita Roberts que tú sabes que ha sido un accidente y le pidas que me deje salir pronto.

—No pienso hacer nada de eso —replicó Prudencia—. Tú y Bobby siempre andáis gastando bromas estúpidas. ¡No seré yo quien te saque de este apuro!

Y regresó a la clase. Janet la miraba marchar furiosa y dolida. Después de guardar el jarro dentro del armario cerró la puerta de golpe. Janet tenía el genio muy vivo, y en aquel momento hubiera vertido una docena de jarros de agua helado por encima de Prudencia.

Cuando llegó el recreo le contó a Bobby lo que le había ocurrido, y su amiga replicó enojado:

—Prudencia se cree tan santa y aún así no ha querido hacer una cosa tan insignificante como ésta. Ahora... veamos... ¿No hay ningún medio de que puedas salir temprano para ir al cine a pesar de todo, Janet?

—No —repuso Janet dolida—. Esta noche la señorita Roberts vigilará la hora de estudio que hacemos juntas las de primero y las de segundo. Si fuera la señorita Jenks tendría oportunidad de escabullirme con la esperanza de que no lo notase. Pero la señorita Roberts esto noche no apartará la vista de mí.

—Si yo pudiera... ¿y si yo pudiera hacer que la señorita Roberts volviera a salir de la habitación? —dijo Bobby, y sus ojos comenzaron a brillar.

—No seas tonta, Bobby —repuso Janet—. No podrás engañarla dos veces seguidas de esa manera... y además después de tan poco tiempo.

—Bueno... ¿y qué tal si lo hiciera de un modo diferente? —dijo Bobby—. Por ejemplo, haciendo que te llamaran a ti.

—¡Ooooh! —exclamó Janet bailándole los ojos—. ¡Eso sí es una idea! Sí... podríamos hacerlo así. Pero, ¿y todo lo que tengo que copiar para Prudencia?

—Yo lo haré por ti —dijo Bobby—. Puedo imitar tu letra por si a la señorita Roberts se le ocurriera mirarlo.

—De acuerdo —dijo Janet—. Bueno, y ahora... ¿cómo vamos a hacerlo?

—Le pediré a la señorita Roberts que me deje ir a buscar un libro a la biblioteca —explicó Bobby—. Y cuando regrese diré: «Señorita Roberts, *Mam'zelle* dice si Janet puede ir porque quiere hacerle estudiar individualmente». Y apuesto a que la señorita Roberts te dejará ir sin oponer resistencia... y así podrás marcharte a tiempo y ver toda la película.

—Es un poco peligroso —dijo Janet—, pero vale la pena intentarlo. Espero que no me descubran.

Bobby-Nada-Me-Importa sonrió:

—¡Quien no se arriesga, nada consigue! —sentenció—. Bueno, yo haré cuanto pueda por ti.

De manera que aquella noche cuando el primero y segundo curso estaban estudiando tranquilamente, Bobby levantó la mano.

—Por favor, señorita Roberts, ¿puedo ir a buscar un libro a la biblioteca?

—Bueno, pero no te entretengas —dijo la señorita Roberts, que estaba muy ocupada corrigiendo ejercicios y apenas levantó la vista. Bobby sonrió a Janet y salió de la estancia, y volvió al cabo de poco con un libro bajo el brazo.

—Por favor, señorita Roberts —dijo acercándose a la mesa de la profesora—. ¿Podría ir Janet a estudiar con *Mam'zelle* ahora?

Janet se puso roja de emoción.

—Vaya —exclamó la señorita Roberts bastante extrañada—. *Mam'zelle* no me ha dicho nada cuando la he visto en la sala común. Supongo que se le olvidaría. Sí, Janet... será mejor que vayas... y puedes escribir esas notas de geografía más tarde, cuando estés de nuevo en la sala común.

—Gracias, señorita Roberts —murmuró Janet saliendo de la estancia como un conejo. Corrió al vestuario, cogió su sombrero, y después de salir al jardín a toda prisa, fue al cobertizo a coger su bicicleta y pronto estuvo camino de la ciudad. ¡Cómo deseaba no encontrar a ninguna profesora ni a ninguna alumna del último curso para que no vieran que iba sola!

Se metió en el cine sin ser vista y pronto quedó absorta en la contemplación de la película, mientras sus compañeras de primer curso continuaban estudiando en silencio las lecciones del día siguiente. Sólo Prudencia sospechaba, porque había visto las miradas que se cruzaron entre Janet y Bobby.

Sus sospechas fueron en aumento al no ver a Janet aquella noche en la sala común, después del estudio.

—La lección de Janet con *Mam'zelle* va siendo muy larga —le dijo a Bobby.

—¿Ah, sí? —replicó Bobby—. ¡Qué bien para las dos!

Bobby había copiado la geografía para Prudencia procurando que su letra se pareciese a la de Janet, y dejó el cuaderno sobre el pupitre de Prudencia mientras ésta estuvo unos minutos ausente de la sala. Al regresar lo encontró. Al principio creyó que Janet se lo había copiado y la buscó con la mirada, pero Janet no estaba allí. ¡Qué raro era eso!

Prudencia observó su libreta con atención, y descubrió que aquélla no era en realidad la letra de Janet, y miró a Bobby, que estaba tumbada en una silla leyendo despreocupadamente con las piernas colgando por encima del apoyabrazos.

—Ésta no es la letra de Janet —dijo Prudencia a Bobby, que no le hizo caso y continuó leyendo—. ¡BOBBY! Te digo que ésta no es la letra de Janet —repitió Prudencia contrariada.

—¿De veras has dicho eso? —dijo Bobby—. Bueno, repítelo si quieres. No creo que le interese a nadie. A mí por lo menos no.

—Yo creo que entre tú y Janet habéis tramado un complot —exclamó Prudencia de pronto—. No creo que *Mam'zelle* la hubiese llamado... y creo que has sido tú quien ha escrito estas páginas.

—Cállate, estoy leyendo —replicó Bobby.

Prudencia estaba furiosa y dolida. De manera que Janet había conseguido ir al cine a pesar de todo. ¡Bien, ya cuidaría ella de que se enterase la señorita Roberts!

Así que a la mañana siguiente, cuando la señorita Roberts le pidió su cuaderno de geografía para asegurarse de que Janet había escrito lo que le ordenó, Prudencia descubrió el juego. Se acercó a la mesa de la señorita Roberts con el cuaderno. La profesora le echó un vistazo y asintió.

—¡Está bien! —dijo sin notar nada anormal en la escritura.

—Bobby lo ha escrito muy bien, ¿no es cierto? —dijo Prudencia en voz baja. La señorita Roberts miró rápidamente el cuaderno y a Prudencia, comprendiendo en seguida lo que había querido decirle.

—Puedes volver a tu sitio —le dijo, porque no le agradaban las acusicas, y Prudencia se alejó satisfecha de que la profesora hubiera adivinado lo que había querido decirle.

Cuando la señorita Roberts vio a *Mam'zelle* le preguntó en seguida:

—¿Por casualidad le dio usted clase anoche a Janet Robins?

Mam'zelle enarcó las cejas sorprendida.

—Anoche estuve en el cine —replicó—. Y Janet también estaba. Yo la vi. ¿Por qué me hace esta pregunta? Yo no doy clases por las noches.

—Gracias —dijo la señorita Roberts, y llamó a una niña que pasaba.

—Ve a buscar a Janet Robins y dile que venga a verme —le dijo muy seria, y la niña salió corriendo en busca de Janet, que estaba en la pista de tenis.

—¡Atiza! —exclamó Janet cuando hubo recibido el mensaje—. Me la voy o cargar. El gato se ha escapado del saco... ¿pero quién lo ha dejado escapar? Bobby, dime adiós para siempre... ¡Tengo que encararme con la señorita Roberts enfurecida... y no saldré con vida!

Bobby sonrió.

—¡Pobrecilla Janet! —le dijo—. Buena suerte. Te esperaré aquí, vieja camarada.

CAPÍTULO VII

JANET, BOBBY... Y PRUDENCIA

Janet fue rápidamente en busca de la señorita Roberts. Cuando estaba en un apuro prefería afrontarlo en seguida. No huía de él, ni buscaba excusas. No es que estuviera deseando entrevistarse con la señorita Roberts, pero pensó que cuanto antes terminara mejor.

La señorita Roberts estaba en la clase de primer curso corrigiendo ejercicios. Al entrar Janet alzó la cabeza mirándola con aire frío y severo.

—Acércate, Janet —le dijo, y la niña se llegó hasta su mesa. La señorita Roberts estaba terminando de corregir el cuaderno que tenía ante ella, y al fin dejó el lápiz.

—¿De manera que ayer noche no fuiste a dar clase con *Mam'zelle*? —le preguntó.

—No, señorita Roberts —repuso Janet—. Fui a ver *Clive de la India*. Bobby me había comprado la entrada la noche antes.

—¿Entonces quién escribió los datos geográficos a Prudencia? —preguntó la señorita Roberts.

—Pues, señorita Roberts, yo no fui —replicó Janet tras una pausa—. Yo... yo no puedo acusar a nadie.

—Yo no quiero que acuses a nadie —dijo la señorita Roberts—. No hay nada que deteste más. Sólo quiero tener la certeza de que tú no fuiste.

—Supongo que Prudencia me habrá descubierto, ¿no? —dijo Janet enrojeciendo.

—Pues yo tampoco quiero acusar a nadie —replicó la señorita Roberts—, pero no creo que le sea difícil a tu sentido común adivinar cómo he descubierto tu gran desobediencia. Janet, no voy a consentir que te portes de esta manera. Tienes mucho carácter, eres valiente, justa y amable, aunque algunas veces tienes un genio demasiado vivo y una lengua un tanto desatada... pero tú y Roberta habéis de comprender que yo no estoy aquí para aguantar vuestras impertinencias, sino para haceros estudiar y procurar que aprendáis algo, especialmente este curso que debería ser el último que pasáis conmigo. La verdad es que me siento avergonzada de vosotras.

Janet volvió a enrojecer. No le gustaba que la riñeran, pero comprendía que lo tenía merecido. Miró a los ojos de la señorita Roberts.

—Lo siento —le dijo—. No me pareció justo tener que perderme el cine cuando no tuve intención de verter el agua encima de Prudencia. Fue un mero accidente. De haberlo hecho deliberadamente entonces no me hubiera importado ser castigada.

—Deja que sea yo quien juzgue si un castigo es o no justo —replicó la señorita Roberts—. Y ahora como anoche utilizaste un truco para poder ir a la ciudad, creo que durante algún tiempo no mereces nuestra confianza. No volverás a ir, a menos que vengas a pedírmelo a mí, me digas el motivo y obtengas mi permiso: Aun así no te dejaré ir en un par de semanas. También deberás hacer lo que te mandé ayer, o sea, escribir los datos de geografía tú misma... en el cuaderno de Prudencia, como te dije.

—Oh, ¿es preciso que sea en su cuaderno? —preguntó Janet con desmayo—. Al fin y al cabo ya lo tiene escrito. Prudencia va a reírse mucho si voy a pedirle su cuaderno.

—Tú te lo has buscado —replicó la señorita Roberts—. Y recuerda esto, mi querida Janet... admiro muchas cosas de tu carácter, pero aún tienes que mejorar mucho... sobre todo tu comportamiento en clase. Me siento inclinada a investigar el asunto de la nota del otro día que me hizo abandonar la clase de matemáticas... me parece un episodio que tiene una gran similitud con éste y me hace sospechar. Cualquier cosa por el estilo que hagáis tú o Roberta será castigada al instante. Haz el favor de decírselo a Roberta de mi parte.

—Sí, señorita Roberts —repuso Janet, viendo por el rostro de la profesora que no estaba dispuesta a mostrarse generosa ni magnánima. La señorita Roberts no soportaba los trucos, y solía enorgullecerse de que sus alumnas de primer curso nunca le tomaban el pelo. Le molestaba pensar que su clase podía reírse de ella a sus espaldas.

—Puedes marcharte —le dijo a Janet alargando la mano para coger otro cuaderno que corregir. Janet vacilaba. Su deseo era volver a recobrar el aprecio de la señorita Roberts cuanto antes, pero se daba cuenta de que no era el momento de intentar una reconciliación. Debía aguardar otra ocasión y soportar el castigo lo mejor que pudiera.

Abandonó el aula y regresó tristemente a la pista de tenis, donde Bobby la aguardaba ansiosa y preocupada. Bobby la cogió del brazo.

—¿Te ha ido muy mal? —le preguntó con simpatía.

—Pésimamente —replicó Janet—. Me he sentido tan pequeña como uno de esos insectos que andan por la hierba. No podré ir a la ciudad durante un par de semanas, y después habré de pedirle permiso a la señorita Roberts cada vez que quiera ir. Es tan humillante, y tengo que escribir otra vez esa odiosa lista de geografía... ¡en el cuaderno de Prudencia!

—Qué mala pata —se dolió Bobby, comprendiendo en seguida que Prudencia iba a burlarse de Janet—. ¿Cómo lo ha descubierto la señorita Roberts?

—Sólo hay un medio —dijo Janet en tono fiero. ¡Esa condenada Prudencia debe de haberme acusado! ¡Ya verá cuando le diga lo que pienso de ella!

Las mellizos llegaban en aquel momento y escucharon con simpatía todo lo que le había ocurrido a Janet.

—¡Yo oí que esa arpía de Prudencia decía: «Bobby lo ha escrito muy bien, ¿verdad?» cuando le enseñó esta mañana a la señorita Roberts uno de sus cuadernos —dijo Pat—. Claro que yo no sabía a qué se refería. Sólo pensé que alababa la letra de Bobby, sin comprender que era una horrible manera de acusar a la pobrecilla de Janet.

—¡La muy canalla! —exclamó Bobby con los ojos brillantes y las mejillas enrojecidas. Quería mucho a Janet—. ¡Yo haré que lo pague bien! La haré humillarse. Esa repugnante acusica... Siempre pretende ser tan buena, y es una hipócrita. Yo iré a pedirle el cuaderno por ti,

Janet. Así no tendrás que pedírselo tú... y si se atreve a decir una sola palabra con esa vocecilla melindrosa, le daré un cachete.

—No, Bobby, no lo hagas —dijo Janet—. No está bien hacer cosas así. ¡Eso déjalo para Carlota!

Todas rieron. Carlota era realmente una fierecilla cuando se enfadaba, y había propinado un bofetón a Alison el día anterior porque le había dicho que llevaba las dos cintas del pelé de distinto color, que estaban muy sucias, y que debía cortarles los extremos. Carlota la estuvo escuchando con una extraña expresión en su rostro, y luego propinó a Alison un sonoro bofetón que, naturalmente, hizo que Alison se deshiciera en lágrimas.

—¡Y si vuelves a sacarme faltas la próxima vez te daré dos bofetones! —la amenazó Carlota.

—Carlota, en nuestro país no acostumbramos a pegarnos —le dijo Hilaria—. Tal vez lo hagáis en el tuyo, pero aquí no puedes hacerlo... no se hace.

Carlota lanzó uno expresión despectiva:

—¡Bah! ¡Si quiero pegar, pego! ¿Qué derecho tiene ese estúpido pavo real a hablar mal de las cintas de mi cabello? ¡Mirad cómo llora, la muy niña! ¡Ni siquiera me ha devuelto el bofetón!

A Alison ni siquiera se le había ocurrido semejante cosa. Estaba muy ofendida, especialmente cuando Sadie Green soltó una carcajada.

—¡Vaya, Alison, si eres precisamente lo que necesita esa pequeña salvaje! Anímate. ¿No ves que lo que quería era hacerte llorar?

Las mellizas, Janet y Bobby, recordaron este episodio mientras permanecían en la pista de tenis escuchando la amenaza de Bobby de tratar a Prudencia igual que Carlota había tratado a Alison. ¡Todas sabían que eso de pegarse estaba fuera de lugar! ¡Pero a todas les hubiese gustado propinar a Prudencia una sonora bofetada!

—Es lo que se merece —dijo Pat con un suspiro—. No obstante... ya procuraremos que comprenda lo mala que es. Se acordará de esto.

—Voy a pedirle el cuaderno de geografía —dijo Bobby mientras se alejaba. Fue a la sala común esperando encontrar allí a Prudencia. ¡Siempre estaba en el interior del colegio!

La encontró armando un rompecabezas y se acercó a ella.

—¿Dónde está tu libreta de geografía? —le dijo—. La necesito.

—Oh, ¿es que tienes que escribir algo más en él? —dijo Prudencia con su voz clara y suave—. ¡Pobre Bobby! ¿Vas a volver a copiarlo por Janet? ¿Qué dirá la señorita Roberts?

—¡Mírame, despreciable hipócrita! —dijo Bobby en un tono de voz tan amenazador que Prudencia se asustó, y alzó los ojos para mirar a Bobby, que estaba blanca de furor y con los ojos brillantes de ira—. Vas a sentirlo de verdad —continuó Bobby, cuya voz sonaba como si hablase con los dientes apretados—. Aborrezco a las soplonas más que a nada y si vuelves a acusar a alguien, vas a sentirlo de veras.

Prudencia estaba atemorizada y, sin pronunciar palabra, fue a buscar su cuaderno de geografía, que entregó a Bobby con mano temblorosa. Bobby se lo arrancó de un tirón y salió de la sala.

—¡Caramba! —dijo una vocecilla desde un rincón de la sala—. ¡Caramba! ¡Qué enfadada estaba Bobby, Prudencia! ¿Qué le has hecho?

Era Pam Boardman, que como de costumbre estaba acurrucada leyendo y que la miraba a través de los gruesos cristales de sus gafas, que hacía que sus ojos parecieran muy grandes.

—No le he hecho nada —replicó Prudencia—. Nada en absoluto. No he acusado a nadie, pero Bobby la ha tomado conmigo porque considero que sus trucos son una manera tonta de perder el tiempo. ¿Tú no lo crees así, Pam?

—Pues no soy amiga de bromas ni trucos —repuso Pamela—. Siempre he preferido estudiar, pero algunas de las bromas de Bobby y Janet me hacen reír. Sin embargo, estoy de acuerdo con la señorita Roberts... si muchas de nosotras hemos de pasar de curso el año que viene, los trucos y las bromas son una manera tonta de desperdiciar el tiempo.

—Eres tan sensata, Pam —le dijo Prudencia acercándose a ella—. Y tan inteligente... Me gustaría que fueses amiga mía. Tú y Sadie me gustáis más que ninguna otra del curso.

Pam enrojeció de placer. Era una niña tímida a la que le costaba hacer amistades porque no sabía jugar bien a nada, y le resultaba imposible encontrar algo gracioso que decir como hacían las otras. No se dio cuenta de que Prudencia quería utilizarla para sus fines.

—Claro que seremos amigas —le dijo tímidamente.

—Eres tan inteligente —repitió Prudencia con admiración—. Me gustaría que me ayudases algunas veces.

Quisiera que Sadie también fuese amiga tuya... le haría bien pensar en algo más aparte de su pelo, su cutis y sus uñas. A mí me gusta Sadie, ¿y a ti?

—Pues me da un poco de miedo —dijo Pam con sinceridad—. Tiene unos trajes tan bonitos y algunas veces está tan encantadora, que me parece mucho mayor que yo. Cuando aparece siempre me siento pequeña y desgarbada. No sé si me gusta o no.

Prudencia trataba de olvidar las desagradables palabras de Bobby, pero le resultaba difícil. Se preguntaba qué habría ocurrido. ¿Habría obligado la señorita Roberts a Janet a escribir de nuevo toda la geografía? ¿Qué castigo le habría impuesto?

Cuando le fue devuelto el cuaderno, Prudencia miró con interés todas sus páginas. Sí... allí estaba toda la lista de datos geográficos escrita cuidadosamente por segunda vez... y con la letra de Janet... La señorita Roberts había puesto el visto bueno.

«¡De manera que ha tenido que hacerlo a pesar de todo! —pensó Prudencia—. ¡Bien! Le está bien empleado. ¡Ahora tal vez ella y Bobby me dejen en paz una temporada por temor a que la señorita Roberts vuelva a descubrirlas otra vez!»

CAPÍTULO VIII

CARLOTA ES SORPRENDENTE

Las cinco nuevas se fueron aclimatando a Santa Clara cada una de modo distinto. Sadie Greene dejaba transcurrir los días sin hacer caso de nada aparte de las cosas que le interesaban realmente. Los fríos comentarios de la señorita Roberts no hacían mella en sus oídos y *Mam'zelle* no le impresionaba lo más mínimo. Permanecía absorta en sus pensamientos, cuidaba de su aspecto personal con todo esmero y se interesaba por Alison porque en realidad era una niña bonita y limpia.

Prudencia y Pamela se fueron aclimatando también, aunque Prudencia tenía buen cuidado de no enfrentarse con Bobby y Janet si le era posible evitarlo. Bobby se adaptó tan bien que a las antiguas de primer curso les parecía que llevaba varios años en Santa Clara. Carlota también se fue acostumbrando a su manera, aunque resultaba un tanto misteriosa para sus compañeras.

—En muchos aspectos parece vulgar —decía Pat oyendo como Carlota hablaba con Pam con su curiosa voz de acento mitad londinense mitad extranjero—. Es desaliñada y no tiene educación, pero sin embargo, es tan natural y sincera que no puedo por menos de tenerle simpatía. ¡Estoy segura de que algún día se peleará con *Mam'zelle*! ¡No se pueden ver!

A *Mam'zelle* no le iba demasiado bien aquel curso con las de primero. Las niñas, que debían pasar a segundo, no estaban a la altura que ella deseaba y las hacía trabajar de firme, cosa que a ellas no les gustaba. Pam estaba muy adelantada en francés, aunque su acento dejaba mucho que desear. Sadie Greene era un desastre. ¡No le importaba nada y no pensaba esforzarse! Prudencia parecía esforzarse mucho, pero no conseguía gran cosa. A Bobby tampoco le importaba... y en cuanto a Carlota francamente detestaba a la pobre *Mam'zelle* y se portaba con ella con tanta rudeza como se atrevía.

De manera que *Mam'zelle* lo pasaba muy mal.

—¿Te extraña que la llamasen «*Mam'zelle* Abominable» el primer curso que estuvimos aquí? —dijo Pat a Bobby—. ¡Esta mañana te ha llamado a ti y a tu trabajo «abominable» e «insoportable» por lo menos veinte veces! Y en cuanto a Carlota, ha utilizado con ella todas las palabras feas que sabe en francés. ¡Pero debo reconocer que Carlota se las merecía! Cuando la chica se pone ceñuda, deja que sus rizos le caigan sobre la frente, y aprieta los labios hasta que se le ponen blancos, parece una verdadera gitana.

Carlota era en verdad sorprendente. Algunas veces daba la impresión de que iba a hacer cuanto pudiera por portarse bien y esforzarse por aprender... y otros días parecía como si ni siquiera estuviese en la clase. Estaba lejos de allí, soñando en otros días, y en otra vida, y aquello enfurecía a *Mam'zelle*.

—¡Carlota! ¿Qué es eso tan interesante que se ve hoy por la ventana? —le preguntaba *Mam'zelle* en tono irónico—. ¡Ah... veo una vaca a lo lejos! ¿Es que te resulta tan emocionante? ¿Acaso esperas oírla mugir?

—No —replicó Carlota con su tono desenfadado—. Estoy esperando oírla ladrar, *Mam'zelle*

Luego la clase rió por lo bajo y esperó sin aliento a que la furia de *Mam'zelle* descendiera sobre la oscura cabeza de Carlota.

Donde Carlota resultaba en verdad sorprendente era en gimnasia. Desde que Margery Fenworthy había pasado a segundo curso no quedó en primero nadie que fuera verdaderamente buena en gimnasia. Carlota había realizado todos los saltos, carreras y ejercicios más o menos igual que las otras, aunque con menos esfuerzo y con una curiosa elasticidad... hasta un día de la tercera semana de curso.

La niña había estado intranquila toda la mañana. El sol brillaba en la ventana de la clase y un fuerte viento azotaba la colina. Carlota parecía no poder estarse quieta y no prestó la menor atención a las lecciones. La señorita Roberts llegó a pensar que debía de estar enferma y no sabía si avisar al Ama para que le tomase la temperatura. Carlota tenía los ojos brillantes y las mejillas enrojecidas.

—¡Carlota! ¿Qué te ocurre está mañana! —Le preguntó la señorita Roberts—. No has terminado ni una suma. ¿En qué estás pensando?

—En caballos —replicó al punto—. En mi caballo Terry. Hace un día estupendo para galopar muy lejos.

—Bien, yo pienso de distinta manera —replicó la señorita Roberts—. Yo creo que es un día inmejorable para que prestes atención a tus deberes, que están sin hacer, Carlota. ¡Presta atención a lo que te digo!

Afortunadamente para Carlota, en aquel momento sonó la campana del recreo y la clase se disolvió. Después del recreo tenían gimnasia. Carlota desahogó parte de su nerviosismo en los jardines, pero cuando sonó la campana llamando a las clases aún le quedaba bastante.

La señorita Wilton, la encargada de deportes, era también la profesora de gimnasia. Tuvo que llamar varias veces al orden a Carlota porque la niña saltaba y trepaba fuera de turno, o hacía más de lo que le decían. Carlota se puso ceñuda y sus ojos brillaron de furor.

—¡Hacemos unas cosas tan tontas! —dijo.

—No seas impertinente —replicó la señorita Wilton—. Hacéis cosas bastante difíciles considerando que sois las más pequeñas. Supongo que tú crees que serías capaz de hacer cosas sorprendentes que nadie pudiera imitar, Carlota.

—Sí, claro que puedo —repuso Carlota, y ante el asombro de toda la clase la niña de ojos oscuros comenzó a saltar realizando las más graciosas volteretas que podáis imaginar. Fue dando vueltas a todo el gimnasio, lanzándose primero sobre las manos y luego sobre los pies con la facilidad de un payaso de circo. Las niñas contuvieron el aliento para observarla.

La señorita Wilton estaba asombrada.

—Basta, Carlota —le dijo—. Desde luego no he visto a nadie que hiciera unas acrobacias semejantes.

—¡Mire cómo trepo a las cuerdas como debe treparse! —exclamó Carlota fuera de sí, ahora que se sabía el centro de la admiración y el asombro de todos los ojos que estaban a su alrededor. Y antes de que la señorita Wilton pudiera decir sí o no, se agarró a una cuerda como un mono y subió hasta el techo, y una vez arriba se inclinó completamente hacia abajo y quedó colgada por las rodillas, ante el horror de la señorita Wilton.

—¡Carlota! ¡Baja en seguida! ¡Lo que estás haciendo es extremadamente peligroso! —ordenó la señorita Wilton temerosa de que la niña se cayera rompiéndose el espinazo—. ¡Baja en seguida!

Carlota bajó como un relámpago, dio un doble salto, y volvió a dar la vuelta al gimnasio girando como las aspas de un molino sobre sus pies y sus manos, terminando con un ágil salto para quedar de pie. Sus ojos brillaban y sus mejillas echaban fuego. Era evidente que había disfrutado de lo lindo.

Las niñas la miraban boquiabiertas considerándola maravillosa y deseando saber hacer lo mismo que Carlota. La señorita Wilton estaba tan sorprendida como las niñas y miraba a Carlota sin apenas saber qué decir.

—¿Quiere que le enseñe algo más? —preguntó Carlota sin aliento—. ¿Quiere ver cómo ando sobre las manos? ¡Míreme!

—Es suficiente, Carlota —le dijo la señorita Wilton en tono firme—. ¡Es hora de que las demás hagan algo! Desde luego eres muy ágil y muy lista... pero yo creo que lo mejor será que hagas lo mismo que las demás y no interrumpas con esas extrañas exhibiciones.

La clase de gimnasia transcurrió normalmente, pero las niñas apenas podían apartar los ojos de Carlota, esperando que volviera a hacer algo extraordinario, pero la niña parecía absorta de nuevo en sus sueños y apenas miraba a nadie. Después de la clase todas la rodearon.

—¡Carlota! ¡Demuéstranos lo que sabes hacer! ¡Anda sobre las manos, cabeza abajo!

Pero Carlota no estaba de humor para nada más y se abrió paso entre sus admiradoras pareciendo de pronto muy deprimida.

—Dije que no lo haría... y lo he hecho —murmuraba entre dientes, cuando desapareció por el pasillo. Las niñas se miraron unas a otras.

—¿Has oído lo que ha dicho? —dijo Pat—. Me pregunto qué habrá querido decir. ¿Verdad que es maravillosa?

Aquello pareció haber sentado bien a Carlota. Se portó mucho mejor durante las clases siguientes después de su curiosa exhibición de gimnasia, estuvo más quieta y más contenta. Dejó de fruncir el ceño y no estuvo tan ruda con *Mam'zelle* durante la conversación en francés.

Las niñas le suplicaron que volviera a exhibirse cuando el gimnasio estuviese vacío, pero ella no quiso.

—No —dijo—. No. No me lo pidáis.

—Carlota, ¿dónde aprendiste todo eso? —preguntó Isabel con curiosidad—. ¡Haces todas esas cosas como los payasos y acróbatas de los circos! ¡Y cómo subiste por la cuerda! ¡Siempre pensamos que Margery Fenworthy era maravillosa... pero tú eres muchísimo mejor!

—Tal vez Carlota tenga parientes que pertenezcan a un circo —dijo Prudencia en tono malicioso. No le gustaba la atención y admiración que acababa de despertar Carlota, y estaba celosa. Ella la consideraba vulgar y deseaba mortificarla.

—Cállate, Prudencia —dijo Bobby—. Algunas veces me haces pensar lo estupendo que sería pegarte fuerte con un cepillo del cabello.

Prudencia enrojeció indignada, y las otras sonrieron. Les gustaba que de vez en cuando Prudencia tuviera que agachar la cabeza.

—Vamos a la pista de tenis —dijo Pat a Bobby viendo que la pelea estaba a punto de empezar—. La señorita Wilton dijo que debíamos entrenar el saque. Yo te sacaré a ti veinte veces, y luego tú a mí. El mes que viene tenemos que jugar contra el San Cristóbal y el Oakdene, y quiero pertenecer al equipo del primer curso.

—Bueno, iré y dejaré que te entrenes conmigo —dijo Bobby dirigiendo una última mirada a Prudencia—, pero es inútil que yo espere formar parte de ningún equipo este año. Vamos. Dejemos a esta Leche-Agria.

¡Cómo odiaba Prudencia aquel mote! Pero siempre que hacía uno de sus desagradables comentarios, era seguro que una u otra susurraba «Leche-Agria».

Prudencia odiaba a Bobby porque ella le había sacado aquel mote, pero la temía. Ella hubiera querido adjudicar a Bobby un mote desagradable e ingenioso... pero no se le ocurría ninguno. Para todo el colegio era Bobby. Incluso las profesoras ya habían dejado de llamarla Roberto y utilizaban su diminutivo. ¡Por mucho que le pesase o Prudencia, Bobby era una de las niñas más populares del curso!

CAPÍTULO IX

PRUDENCIA HACE UN DESCUBRIMIENTO

Durante las dos semanas siguientes ocurrieron dos o tres cosas emocionantes, todas ellas relacionadas con Carlota. La primera tuvo lugar en la piscina. Carlota no era una gran nadadora, pero le encantaba bucear y saltar. Además era maravillosa lanzándose desde el gran trampolín.

Muchas niñas eran capaces de correr con ligereza por la plancha de madera y luego lanzarse al agua desde su extremo... pero Carlota podía hacer mucho más. Corría por ella, saltaba en el aire dando dos o tres volteretas, y caía al agua con el cuerpo enroscado como una pelota... ¡plaf! Se situaba en el extremo de la plancha, se mecía en ella hasta hacer que casi tocase el agua, y luego con un gran impulso final se lanzaba como una piedra arrojada desde una catapulta, y se sumergía limpiamente al descender.

Saltaba desde el trampolín más alto y bajaba por el tobogán en todas las posiciones imaginables, incluso de pie, cosa imposible para las demás niñas. Su forma de nadar era muy peculiar, pero en cuanto a acrobacias en el agua nadie podía vencer a Carlota.

...propinándole un violento empujón que lanzó a Prudencia al agua.

Carlota no se exhibía. Hacía todas estas cosas con perfecta naturalidad y disfrutando intensamente. Prudencia, que apenas sabía nadar y a quien le desagradaba el agua, nunca se unía a la admiración general que las demás dedicaban a Carlota.

—Se está exhibiendo —dijo Prudencia en voz baja y llena de rencor mientras Carlota daba un hermoso doble salto en el agua cerca de ella. Prudencia, sin haberse metido en el agua, estaba temblando de pies a cabeza. Aquella mañana el agua estaba fría y el valor no era su punto fuerte. Alison, sentada a su lado, también temblaba.

—No se exhibe —replicó Janet, que había oído las palabras de Prudencia—. En ella es natural hacer esas cosas. ¡Estás celosa, mi querida Prue! ¿Qué te parece si dieras otro paso y te mojaras las rodillas? Llevas ahí más de cinco minutos temblando.

Prudencia no hizo caso a Janet. Carlota subió al trampolín más alto y realizó una graciosa zambullida que hizo incluso que la señorita Wilton aplaudiera llena de admiración.

—Ahí la tenéis, exhibiéndose —dijo Prudencia hablando con Alison—. No comprendo por qué la alabáis tanto. Ya es bastante engreída de por sí.

—Carlota no es nada de eso —replicó Bobby—. Muérdete tu sucia lengua, Prudencia. Cuesta creer que te has educado en casa de un vicario al oírte hablar de esta manera tan soez.

—Bueno, salta a la vista que Carlota no ha crecido en casa de ningún vicario —dijo Prudencia con despecho. Carlota la oyó y sonrió. A ella no le importaban los comentarios de esta clase que a las demás las sacaba de quicio. Bobby apretó los labios contemplando con disgusto la blanca y temblorosa espalda de Prudencia.

—¿Qué tal un chapuzón, querida Prudencia? —dijo de pronto, propinándole un violento empujón que lanzó a Prudencia al agua mientras dejaba ir un agudo chillido. Salió a la superficie furiosa. Miró a su alrededor para descubrir a Bobby, pero ésta se había lanzado al agua tras ella y ahora estaba debajo del agua tratando de cogerle las piernas.

En menos de un segundo Prudencia notó que alguien tiraba de ella con fuerza sujetándole por el tobillo izquierdo y volviendo a sumergirla. Se hundió con otro grito agónico. Cuando salió de nuevo le faltaba el aliento... pero no tardó en volver a desaparecer bajo el agua cuando Bobby la sujetó de nuevo por el tobillo.

Prudencia logró soltarse y nadó en seguida hacia el borde de la piscina llamando a la señorita Wilton.

—¡Señorita Wilton, señorita Wilton, Bobby casi me ahoga! ¡Señorita Wilton, llame a Bobby!

La señorita Wilton, sorprendida al oír los gritos de Prudencia, miró para ver qué ocurría, pero por aquel entonces Bobby había llegado al otro extremo de la piscina y se estaba riendo más y mejor.

—Qué significa eso de que Bobby te está ahogando? —dijo la señorita Wilton impaciente—. Bobby está en el otro extremo de la piscina. No seas tonta, Prudencia. Tranquilízate e intenta nadar un poco. Te pasas la mayor parte del tiempo de pie en los escalones asustada como una niña de tres años.

Se oyeron algunas risitas de las niñas más próximas. Prudencia estaba tan furiosa que volvió a caerse al agua, tragando buena cantidad de ella.

—¡Me las pagarás! —le gritó a Bobby, pero ésta se limitó a sonreír saludándola con la mano.

—¡Tal vez ahora no ocupes tanto tu lengua en hablar mal de Carlota sabiendo cómo las gasta Bobby! —comentó Janet, que estaba allí cerca disfrutando con la escena.

Aquella tarde, cuando regresaban al edificio del colegio, Prudencia se desahogó con Pamela Boardman.

—Es tan desagradable esa Carlota que no me explico que nos tenga a todas mirándola con la boca abierta y considerándola maravillosa —dijo Prudencia—. No comprendo cómo personas como Carlota son admitidas en un colegio de primera como éste, ¿y tú, Pam? Quiero decir que no es justo que niñas como nosotras, que pertenecemos a buenas familias y hemos sido bien educadas tengamos que alternar con niñas como Carlota, que podrían ejercer muy mala influencia en nosotras, ¿no te parece?

—Tal vez sus padres hayan pensado que nosotras tal vez podríamos ejercer buena influencia en Carlota... —sugirió Pam con su voz suave—. Es un poco rara... de acuerdo... pero es muy divertida, Prudencia.

—Yo no creo que las cosas que hace demuestren inteligencia —dijo Prudencia, dolida—. Ni tampoco la encuentro divertida. Yo creo que hay un misterio en nuestra Carlota... ¡y me gustaría muchísimo, pero muchísimo saber cuál es!

Pam era más joven que Prudencia, y aunque era muy inteligente para el estudio, se dejaba influenciar con facilidad.

No tardó en asentir a todo lo que le decía, e incluso cuando Prudencia explicaba cosas que a todas luces no eran ciertas o eran poco amables para las demás, Pam la escuchaba con respeto asintiendo con la cabeza.

Fueron Pam y Prudencia las que descubrieron a Carlota haciendo algo extraordinario no mucho después del episodio de la piscina. Estaban dando un paseo al aire libre y llevaban consigo sus libretas de apuntes y sus cestas para guardar ejemplares de animales y vegetales. Subieron la colina y se dirigeron a los bosques de detrás del colegio. Luego el camino seguía subiendo y aparecieron grandes prados limitados por valles y altos setos. Era un hermoso día para pasear, y Pam, que apenas salía, disfrutaba de lo lindo.

Prudencia no hubiera salido de paseo de no haber visto a Carlota que se marchaba sola. Las niñas no podían salir solas, a menos que fueran del último curso, y en dos o tres ocasiones Prudencia sospechó que Carlota desobedecía las reglas.

Aquel día había visto cómo Carlota se deslizaba por el jardín del colegio hasta una pequeña puerta que había al fondo, detrás del edificio: Prudencia estaba en su dormitorio y sus ojos en seguida descubrieron a la niña.

«Quisiera saber lo que hace cuando sale sola —pensó Prudencia—. ¿A dónde irá? Apuesto a que en la ciudad debe tener algunas amistades vulgares de las que nadie sabe nada. Me gustaría seguirla y averiguarlo.»

Prudencia era astuta. Sabía que era inútil buscar a Pam Boardman y proponerle espiar a Carlota, porque ella, aunque sentía un gran respeto por Prudencia, huía de toda acción hipócrita. De manera que Prudencia corrió a la planta baja y encontró a Pam acurrucada y leyendo como de costumbre.

—¡Hola, Pam! —exclamó—. ¡Vamos a dar un paseo naturalista! Esta tarde los campos están preciosos. Ven conmigo. Te sentará bien.

Pam era de buena pasta. Cerró su libro y fue en busca de su cuaderno y su sombrero. Las dos niñas atravesaron el jardín y salieron por la puertecita que daba a los prados. Prudencia no dejaba de vigilar por si veía a Carlota y no tardó en descubrirla, con la chaqueta de uniforme, algo más lejos, subiendo la colina opuesta.

—¿Quién será? —dijo a Pam sin darle importancia—. No la perdamos de vista y tal vez podemos unirnos a ella de regreso.

—No podemos —replicó Pam—. Va sola. Debe de ser una de las de último curso. ¡No querrá volver al colegio con nosotras!

—¡Oh, olvídalo! —dijo Prudencia—. Bueno, podemos ir por el mismo camino que ella. Es probable que conozca bien los senderos.

Así que las dos niñas no perdieron de vista a Carlota, que después de subir hasta lo alto de la colina descendió al valle. Allí había un gran campamento, puesto que a la ciudad vecina había llegado un circo. Era un gran campo con muchos carromatos y jaulas, y en el centro se alzaba una enorme tienda de lona.

—Debe de haber un circo en Trenton —dijo Prudencia—. Pero Carlota no debe de ir allí puesto que ahora no habrá función.

—¿Cómo sabes que es Carlota? —exclamó Pam sorprendida—. ¡No puede ser ella! No puede salir sola. ¿Cómo sabes quién es, desde tan lejos?

Prudencia estaba disgustada consigo misma. No tenía intención de descubrir a Pam que sabía que era Carlota.

—Oh, tengo muy buena vista —replicó—. Tú llevas gafas, de manera que no debes de ver tan lejos como yo. Pero estoy casi segura de que es Carlota. ¿No es muy propio de ella... escaparse faltando a las reglas?

—Sí, es muy de ella —dijo Pam, quien, no obstante, no dejaba de admirar a la brava muchacha por su desprecio absoluto a las reglas y prohibiciones cuando deseaba hacer algo. Carlota siempre iba derecha a ello pasando por encima de los obstáculos y objeciones como si no los hubiese.

Siguieron a Carlota hasta el gran campo y la vieron hablar con un mozo despeinado y de aspecto rudo. Sonrió a Carlota y ella asintió con la cabeza mientras iba hasta el cercado contiguo donde había varios hermosos caballos de circo. Al medio minuto, la niña había cogido uno saltando sobre su lomo, y estaba galopando por el campo con toda perfección a pesar de montar a pelo.

Pam y Prudencia la contemplaron con la mayor sorpresa. ¡Prudencia no había imaginado una cosa semejante! Apenas podía dar crédito a sus ojos. Las dos niñas contemplaban a Carlota montada sobre el hermoso caballo, que primero galopaba por el campo y luego se puso al trote. El hombre con quien había hablado fue a verla y, gritándole unas palabras, le señaló otro caballo. Aquél era más parecido a los de tiro, más ancho y seguro.

Carlota replicó algo al hombre y, saltando del caballo, corrió hacia el que le había señalado. En un perique-te estaba sobre él y comenzó a dar vueltas por el campo.

¡Y entonces Carlota hizo algo que asombró aún más

a las dos niñas! Se puso de pie sobre el lomo del caballo, y conservando perfectamente el equilibrio obligó al caballo a trotar dando vueltas y vueltas como si estuviera en la pista de un circo. Los labios de Prudencia formaban una línea delgada.

—Siempre he pensado que había algo raro en Carlota —dijo a Pam—. Ahora ya sé lo que es. Estoy segura de que no es otra cosa que una saltimbanqui de circo. ¿Cómo es posible que la señorita Theobald la haya admitido en el colegio? ¡Es terrible! ¿Qué dirán las otras?

—No digamos nada, Prudencia —suplicó Pam tímidamente—. Por favor. El secreto es de Carlota, no nuestro. Será mejor que no digamos nada.

—Bueno, esperaremos el momento propicio —dijo Prudencia con voz llena de rencor—. Aguardaremos el momento propicio. Vamos... será mejor que volvamos antes de que nos vea.

Las dos niñas emprendieron el camino de vuelta al colegio, que transcurrió casi en silencio. Prudencia estaba radiante por haber descubierto algo tan curioso referente a Carlota... y Pam estaba intrigada y preocupada, y temía que Prudencia descubriera el secreto de Carlota, y la arrastrara a ella, Pam, a sufrir las desagradables consecuencias. Llegaron al colegio con el tiempo justo para merendar.

Pat e Isabel las vieron entrar y en seguida les gritaron sorprendidas:

—¡Vaya! ¡No iréis a decirnos que habéis ido a dar un paseo naturalista! ¡Creí que nadie era capaz de sacaros al exterior!

—Hemos dado un paseo estupendo —comentó Prudencia—, y hemos visto cosas muy interesantes.

—¿Qué habéis traído, Pam? —le preguntó Hilaria al ver que Pam llevaba su cesta colgada del hombro.

Pam enrojeció. No llevaba nada ni tampoco Prudencia. El paseo se había reducido a seguir a Carlota, espiarla, y luego pensar en ella durante el camino de vuelta. Prudencia no había pronunciado ni una palabra sobre Historia Natural, y Pam no quiso pedirle que se detuviera cada vez que veía algo interesante.

Prudencia, viendo que Pam estaba violenta por no haber traído nada para la clase de Historia Natural, mintió tranquilamente:

—Traemos montones de cosas —dijo—. Pero las guardaremos para después de merendar. Ahora tenemos mucho apetito... y ya suena la campana.

Prudencia sabía que después de la merienda nadie se acordaría de preguntar por los ejemplares hallados aquella tarde. Empujó a Pam en dirección al vestuario para que pudieran lavarse las manos.

Pam guardó silencio mientras se lavaba. Era muy sincera, y le extrañaba que Prudencia dijera mentiras, porque siempre estaba criticando a las que obraban mal... y en cambio ella mentía con toda tranquilidad.

—Tal vez haya sido por no decir que habíamos visto o Carlota —se dijo Pam para sus adentros—. Ha querido protegerla.

Carlota llegó tarde para la merienda. Murmuró unas palabras de disculpa ante la señorita Roberts y se sentó. Estaba roja de tanto correr, y aunque se había cepillado los ensortijados cabellos oscuros, se la veía desaliñada y sudorosa.

—¿Dónde has estado, Carlota? —le preguntó Pat—.

Esta tarde te he buscado por todas partes. Te tocaba a ti jugar al tenis. ¿No lo sabías?

—Lo olvidé —repuso Carlota cogiendo una tostada de pan con mantequilla—. Salí a dar un paseo.

—¿Con quién? —le dijo Janet.

—Sola —replicó Carlota con toda sinceridad bajando la voz para que no la oyera la señorita Roberts—. Sé que he faltado a las reglas... pero no puedo evitarlo. Quería estar sola.

—Cualquier día te pescarán, monina —le dijo Bobby—. Yo he faltado muchas veces a las reglas... pero tú te comportas como si no existiese ninguna. ¡Ten cuidado, Carlota!

Pero Carlota sonrió. Tenía un secreto que pensaba conservar para ella sola. ¡Ignoraba que alguien lo había descubierto!

CAPÍTULO X

¡ALBOROTO EN LA CLASE DE *MAM'ZELLE*!

La otra cosa que ocurrió a continuación fue el alboroto en la clase de *Mam'zelle*. El curso seguía adelante, pero muchas de las alumnas de primer curso no hacían el menor progreso en francés. El tiempo era muy caluroso, y la mayoría de las niñas no sentían la menor atracción por el estudio. Las niñas como Pam Boardman e Hilaria Wentwoort, inteligentes, con interés por su trabajo y afán de adelantar, estudiaban como siempre... pero las mellizas se retrasaban, y en cuanto a Sadie y Bobby, eran la desesperación de todas las profesoras.

Pero fue Carlota quien despertó el enojo de *Mam'zelle*. Cuando a Carlota le desagradaba alguien no lo disimulaba. Así como no escondía su antipatía hacia una condiscípula o una profesora... pero era capaz de hacer cualquier cosa por las personas que quería. Las mellizas, Janet y Bobby la encontraban generosa y amable y dispuesta a hacer cualquier cosa por ayudarlas, pero aborrecía intensamente a Alison, Sadie, Prudencia y algunas niñas más.

Carlota tenía un sistema de demostrarles su desagrado completamente infantil. Les hacía muecas, les volvía la espalda, incluso las pegaba. Golpeaba el suelo con el pie insultándolas y algunas veces lo hacía en una lengua extranjera, dejando escapar una larga retahíla de palabras incomprensibles por entre sus sonrosados labios. A las niñas casi les divertía aquello, aunque Hilaria, como la primera de la clase, a menudo la llamaba al orden.

—Carlota, cuando te comportas así te desacreditas —le dijo después de una escena en la que Carlota había llamado a Alison y a Sadie una serie de nombres extraños—. Y también dejas en mal lugar a tus padres. Nosotras somos más o menos como nuestros padres quieren que seamos y procuramos que estén orgullosos de nosotras. No pongas en ridículo a tus padres.

Carlota se alejó alzando la cabeza.

—¡Yo no pongo en ridículo a mis padres! —dijo—. Ellos sí que me desacreditan a mí. No estaría aquí si no hubiese hecho una promesa a alguien. ¿Creéis que yo hubiera escogido un lugar donde tengo que ver cada día a personas como Alison, Sadie y Prudencia? ¡Bah!

La niña estaba hecha una furia, temblaba, e Hilaria no sabía apenas qué decirle.

—Todas las personas no pueden resultarnos simpáticas —dijo al fin—. A ti te somos simpáticas algunas, Carlota, y tú a nosotras, ¿pero no ves que cuando te comportas así sólo haces que empeoren las cosas para ti? Cuando se vive en comunidad hay que comportarse como las demás. Yo soy la jefa de curso y no puedo dejar que vayas comportándote por ahí como una niña de cuatro años. Al fin y al cabo, ya has cumplido los quince.

El furor de Carlota desapareció con la misma rapidez

con que había estallado. Admiraba la firme responsabilidad de Hilaria y le tendió la mano.

—Sé que tienes razón, Hilaria —le dijo—. Pero yo no he sido educada igual que tú... ni he aprendido las mismas cosas. No me desprecies porque sea distinta a como tú quisieras.

—¡Tontina! —contestó Hilaria dándole una palmada en la espalda—. Nos gustas precisamente porque eres tan distinta... Eres la persona más emocionante de la clase. Pero no te pongas en manos de seres como Prudencia, que acudirá a la señorita Roberts como sigas insultándola. ¡Si de verdad necesitas desahogarte, hazlo con personas como yo, o como Bobby, que no nos importa!

—Eso es —replicó Carlota—. No puedo contigo... eres demasiado leal. Hilaria, trataré de conservar la calma. De veras. Ahora me va algo mejor con la señorita Roberts... pero *Mam'zelle* siempre me pone furiosa. Tendré que tener doble cuidado en su clase.

En realidad, fue Bobby quien provocó el gran alboroto una mañana en la clase de *Mam'zelle*. Bobby estaba aburrida. Odiaba los verbos franceses, que tenían la irritante particularidad de tener distintas terminaciones en los tiempos pasados.

«Como si lo hubiesen hecho a propósito para fastidiarnos —pensaba Bobby irritada—. Y nunca logro recordar cuándo debo emplear este estúpido subjuntivo. ¡Bah!»

Cerca de Bobby había un vivero que cuidaban las de primer curso. Era una gran caja en forma de jaula y la parte de delante estaba cubierta por un cristal que podía subirse o bajarse. En él vivían dos ranas grandes, un sapo arrugado y seis caracoles grandes. Las alumnas de primer curso contemplaban estos animales con ideas muy diversas.

Katy, a quien le encantaban los animales, sentía gran afición por las ranas y el sapo, y alardeaba de poder distinguir a los seis caracoles, a los que había puesto los nombres de algunos enanitos del cuento de Blancanieves. El resto de la clase sólo era capaz de reconocer a Dormilón, que nunca se movía, y que tenía una mancha blanca en la espiral de su concha.

A las mellizas les gustaban las ranas y el sapo, e Isabel algunas veces les hacía cosquillas en la espalda con una pajita porque le divertía ver cómo se llevaban la pata delantera atrás y se rascaban con sus curiosos deditos. Otras alumnas sentían un relativo interés por aquellas criaturas, y el resto las detestaban.

Sadie y Alison no podían soportarlas y Prudencia se estremecía cada vez que veía moverse las ranas o el sapo. A Doris también le desagradaban intensamente. A Bobby, ni le gustaban ni le desagradaban, pero no temía a aquellas indefensas criaturas como Prudencia y las otras, y las manejaba sin el menor temor cuando el vivero necesitaba ser limpiado o arreglado.

Aquella mañana Bobby estaba aburrida. Le daba la impresión de que la clase de francés duraba horas y horas, y al parecer iba a seguir durando más horas y horas, aunque en realidad sólo era de tres cuartos de hora. Un movimiento del vivero llamó la atención de la niña.

Una de las ranas había alargado su lengua para cazar una mosca que se había aventurado a entrar a través de la ventanita de zinc perforado que había en la parte posterior. Bobby dirigió una rápida mirada a *Mam'zelle*, que se hallaba escribiendo frases en francés en la pizarra, completamente absorta en su tarea. Las niñas debían leer mientras tanto una página de francés para poder traducirla cuando ella terminara.

Bobby dio un codazo a Janet, que levantó la cabeza.

—¡Mírame! —le susurró Bobby con una mueca. Bobby alzó el cristal del vivero e introdujo la mano para coger a una de las sorprendidas ranas, volviendo luego a cerrar el cristal.

—¡Dejemos que vaya saltando hasta que llegue a Prudencia! —susurró Bobby. ¡Se llevará un susto de muerte!

Nadie más se había dado cuenta de la maniobra de Bobby. Aquella mañana *Mam'zelle* estaba muy irritable, y toda la clase estaba leyendo afanosamente la página de francés, deseando no contrariarla. Bobby se inclinó hacia delante para dejar la rana sobre el pupitre de Prudencia, pero la pobre criatura saltó tan violentamente de sus manos que fue a parar al suelo cerca de Carlota. La niña captó el movimiento y se volvió viendo la rana en el suelo, y a Bobby que le explicaba por señas que su intención era que llegase a Prudencia.

Carlota sonrió. Estaba tan aburrida en la clase de francés como Bobby, y la página que debía leer le resultaba incomprensible. Apenas logró descifrar ni una palabra.

Cogió la rana, y la depositó limpiamente sobre el borde del pupitre de Prudencia, que estaba sentada a su lado, de manera que fue bien sencillo. Prudencia alzó la vista y, al ver la rana, lanzó un chillido tal que la clase entera pegó un respingo sobresaltada.

Mam'zelle dejó la tiza y el libro que tenía en la mano y se volvió enojada.

—¡PRUDENCIA! ¿Qué significa ese grito?

A la rana le gustó el pupitre de Prudencia, y saltando sobre su libro, se sentó en el centro mirando con sus ojos pardos incapaces de pestañear a la niña, que volvió a gritar, pues al parecer no era capaz de moverse siquiera. Estaba verdaderamente aterrada.

La rana dio un salto en el aire y aterrizó sobre el hombro de Prudencia, luego saltó a su regazo y la niña se levantó horrorizada para sacudírsela.

—¡*Mam'zelle*! ¡Es la rana! ¡No puedo soportarlo, no puedo soportarlo! ¡Oh, qué mala eres, Carlota! ¡La has sacado a propósito del vivero para asustarme! ¡Cómo te odio! —gritaba Prudencia fuera de sí de rabia y terror.

La mayoría de la clase estaba riendo, porque el terror de Prudencia era algo muy divertido. *Mam'zelle* comenzó a perder la paciencia. La rana saltó de nuevo sobre Prudencia, que volvió a gritar.

—¡*Taisez-vous*, Prudencia! —exclamó *Mam'zelle*—. Silencio. Esta clase es un jardín lleno de osos y monos. No lo consentiré. ¡Es abominable!

Muchas risas saludaron su exclamación. Prudencia se volvió de nuevo hacia Carlota y le habló con gran malicia.

—¡Eres odiosa! ¡No eres nada más que una saltimbanqui con ideas de saltimbanqui! ¡Oh, tú te crees que no sé nada de ti, pero sé muchas cosas! ¡Te he visto coger la rana del vivero y hacer que saltara encima de mí! ¡Yo te he visto!

—PRUDENCIA, ¡*TAISEZ-VOUS!* —casi gritó «Mam' zelle» dando una palmada sobre su mesa—. Car-

Carlota amenazó a Prudencia con el puño cerrado.

lota, sal de la clase. Irás directamente a ver a la señorita Theobald para comunicarle lo que has hecho. ¡Que estas cosas ocurran en mi clase! ¡Es increíble!

Carlota no oyó una palabra de lo que dijo *Mam'zelle*. Se había levantado de su asiento como impulsada por un muelle y miraba fijamente a Prudencia con los ojos llameantes. Estaba muy hermosa... parecía una hermosa gitana enfurecida, pensó Isabel.

Comenzó a hablar... pero ninguna entendió ni una palabra porque Carlota hablaba en español. Las palabras brotaban de sus labios como un torrente y después de golpear el suelo con el pie, amenazó a Prudencia con el puño cerrado. Prudencia se echó hacia atrás asustada, y «Mamzelle», furiosa por el caso omiso que le hacía Carlota, se dirigió a ella con paso firme.

Toda la clase contemplaba la escena sin aliento. Ya habían-habido un par de Grandes Peleas como ellas las llamaban, pero nada igual a esto. *Mam'zelle* sujetó a Carlota con fuerza, de un brazo.

—¡*Vous etes in-sup-por-table*! —dijo separando las sílabas para dar mayor énfasis a la palabra. Carlota se liberó de la mano de *Mam'zelle* con furia. No podía soportar que la tocasen cuando se enfadaba, y volviéndose hacia la asombrada profesora de francés, le dirigió un violento discurso en español, parte del cual entendió la profesora, desgraciadamente. Se puso pálida de furor y con dificultad pudo contenerse para no dar a Carlota un buen papirotazo en las orejas.

En aquel momento se abrió la puerta y dio paso a la señorita Roberts. Era hora de finalizar la clase, pero todas estaban demasiado absortas en la contemplación de la escena para pensar en la hora. A la señorita Roberts le sorprendió encontrar la puerta cerrada cuando por lo general siempre le era abierta por alguna alumna de la clase. ¡Y se quedó todavía más asombrada al ver a *Mam'zelle* y a Carlota a punto de comenzar una lucha libre!

Mam'zelle se recobró un tanto al ver a la señorita Roberts.

—¡Ah, señorita Roberts! —le dijo con voz débil por la emoción que había sentido durante aquellos últimos minutos—. ¡Llega usted en buena hora! Esta clase suya es sorprendente... sí, sorprendente y malvada. Esta niña, Carlota, me ha desafiado, insultándome... y ha... Oh, la, la, ¡ahí está la rana otra vez!

Todas se habían olvidado de la rana... pero ahora había vuelto a hacer aparición inesperadamente saltando sobre el enorme pie de *Mam'zelle*. A *Mam'zelle* no le gustaban las ranas, todos los insectos y animales pequeños le horrorizaban, y lanzando un grito, se echó hacia atrás, cayendo pesadamente en una silla.

La señorita Roberts lo había comprendido todo con sólo una ojeada, y su rostro adoptó una expresión muy severa. Miró a *Mam'zelle*, y conociendo su genio vivo, comprendió que lo mejor que podía hacer era alejar a la enojada profesora de francés de la clase antes de que ella comenzara a hacer preguntas.

—*Mam'zelle*, le están esperando en la clase siguiente —le dijo con su voz clara y fría—. Yo aclararé este asunto y la pondré al corriente a la hora de la comida. Ahora será mejor que se marche y deje que yo me encargue de todo.

Mam'zelle no podía soportar llegar tarde a las clases

y, levantándose al punto abandonó el aula, y dirigió al salir una mirada furiosa a Carlota. La señorita Roberts hizo una seña a Hilaria para que cerrase la puerta y se dirigió a su mesa. Se hizo un silencio sepulcral porque allí no había ninguna niña que no temiera a la señorita Roberts cuando estaba de mal talante.

Carlota seguía de pie con el cabello alborotado sobre la frente y los puños apretados. La señorita Roberts la miró. Ahora ya sabía que Carlota era de temperamento fiero, y comprendió que sería inútil atacarla estando así. Le habló fría y enérgicamente.

—Carlota, haz el favor de ir a peinarte. Y lávate también las manchas de tinta de las manos.

La niña miró a su profesora con aire semirretador, pero aquella orden directa la apaciguó e hizo que obedeciera. Se marchó de la clase y se oyó un suspiro de alivio. Carlota era emocionante... pero aquella vez realmente se había excedido.

—Ahora quiero que comprendáis que no pienso alentar a ninguna acusona —dijo la señorita Roberts mirando a toda la clase con sus fríos ojos azules—, pero insisto en descubrir el motivo de esta escena tan extraordinaria. Tal vez tú, Hilaria, como jefa de curso, puedas explicármelo.

—¡Señorita Roberts, deje que se lo explique yo! —comenzó Prudencia ansiosa de tomar la palabra antes que las demás—. Carlota abrió el vivero, sacó la rana y...

—No quiero que me des ninguna información a menos que te pregunte, Prudencia —le dijo la señorita Roberts en tono tan tajante que la niña volvió a sentarse sonrojada—. Ahora, Hilaria... cuéntamelo lo más brevemente que puedas.

—Pues parece ser que alguien sacó una rana del vivero y la puso encima del pupitre de Prudencia —contestó Hilaria de mala gana, y Bobby se puso en pie con el rostro sonrojado.

—Perdone qu ela interrumpa, señorita Roberts —dijo—. Yo fui quien sacó la rana.

—¡Fue esa fiera de Carlota la que me asustó! —exclamó Prudencia—. Tú quieres cargar con la culpa.

—Prudencia, si vuelves a hablar te expulsaré de la clase —dijo la señorita Roberts—. Continúa, Bobby.

—Me estaba aburriendo —dijo Bobby con franqueza—. Saqué la rana y la hice saltar sobre Prudencia para divertirme un poco, porque le dan mucho miedo las ranas, pero se me escapó de la mano y saltó al suelo... de manera que hice señas a Carlota para que la cogiera y la pusiera en el pupitre de Prudencia... y así lo hizo, pero soy yo la culpable.

Bobby se sentó.

—Continúa con este tu extraordinario relato, Hilaria —dijo la señorita Roberts preguntándose si su clase estaría en su verdadero juicio aquella mañana.

—Bueno, señorita Roberts, ya no hay mucho más que contar, excepto que Prudencia se llevó un susto tremendo y gritó, que *Mam'zelle* se puso furiosa, y Prudencia echó toda la culpa a Carlota, diciendo algunas cosas horribles de ella, y Carlota se puso como una fiera... y cuando «Mamzelle» le dijo que se fuera de la clase no quiso irse... la verdad es que yo creo que ni siquiera la oyó. Entonces *Mam'zelle* se enfureció porque no la obedecía y se acercó a ella... y Carlota se volvió y le dijo algo en español que aún puso más furiosa a

Mam'zelle. Y entonces entró usted —terminó Hilaria.

—Y os estropeé la diversión, supongo —replicó la señorita Roberts en aquel tono sarcástico que toda la clase odiaba—. Debo confesar que es una clase de francés muy entretenida. Al parecer fuiste tú quien lo empezaste todo, Bobby... desde luego que Carlota tuvo buena parte... y el resto parece componerse de los enfados de varias personas. Me imagino que todas estaríais encantadas y lo observasteis conteniendo la respiración. Estoy muy disgustada y avergonzada. Bobby, ven a verme a última hora de la mañana.

—Sí, señorita Roberts —dijo Bobby sumisa. Prudencia se volvió para mirar a Bobby con satisfacción, contenta de que fuera a recibir un castigo. La señorita Roberts sorprendió su mirada. No podía soportar la mezquindad de Prudencia, ni su costumbre de acusar y de disfrutar de las desdichas ajenas. Se dirigió a ella tan inopinadamente que la pobrecita Prudencia pegó un respingo.

—¡Prudencia! ¡Tú también tienes culpa! Si puedes buscar complicaciones a las demás no dejas de hacerlo. Si no hubieras organizado ese estúpido alboroto, no hubiera sucedido nada de esto.

Prudencia estaba profundamente dolida.

—¡Oh, señorita Roberts! —dijo en tono contrariado—. Eso no es justo. Yo la verdad...

—¿Desde cuándo te he dado permiso para que decidas lo que es o no es justo? —le preguntó la señorita Roberts—. Cierra la boca y siéntate. Y ahora que recuerdo... tu última composición fue tan mala que no puedo pasarla. Volverás a hacerla esta tarde.

Prudencia enrojeció. Sabía cuándo la señorita Roberts estaba decidida a ser severa, y comprendió que todas las niñas, exceptuando tal vez a Pam, aprobaban en silencio a la señorita Roberts y les complacía que la hubiese hecho callar. Sus pensamientos volvieron a Carlota, y recordó con amargura lo que le había dicho. ¡La señorita Roberts no habló para nada de castigar a Carlota! ¡Seguro que dejaría que se quedara tan fresca! ¡Y pensar en las cosas que le habría dicho a *Mam'zelle*! ¡Carlota era extraña y mala... sólo había que ver cómo quebrantaba las reglas del colegio y se marchaba a montar los caballos de los demás!

La clase estuvo muy atenta durante el resto de la mañana. Bobby fue a ver a la señorita Roberts y recibió tal reprimenda que casi se echa a llorar... cosa que Bobby no había hecho en muchos años. También recibió un castigo que la mantuvo ocupada una semana entera... un supercastigo consistente en escribir y aprenderse de memoria todas las cosas que a la señorita Roberts le pareció que Bobby no sabía. ¡Es justo decir que al final de aquella semana Bobby sabía bastante más que al principio!

Al parecer Carlota no recibió castigo alguno, cosa que causó el disgusto y el enfado de Prudencia. En realidad, como Pat e Isabel sabían, Carlota había sido enviada en presencia de la señorita Theobald, y había salido de aquel temido salón deshecha en llanto, con aspecto muy sumiso, inusitado en ella. No dijo a nadie lo que había ocurrido allí dentro, y nadie se atrevió a preguntárselo.

Mam'zelle recibió por escrito las disculpas de Bobby y Carlota... y también las de la propia Prudencia, a pesar de su furor. La señorita Roberts se lo había exigido, y no quiso escuchar la menor objeción por parte de Prudencia. De manera que la niña no se atrevió a desobedecer y también se disculpó por escrito.

«¡Carlota tiene que pagarme por esto! —pensó—. Iré a buscar a aquel hombre que habló con ella... y le preguntaré sobre la horrible de Carlota. Estoy segura de que en todo esto hay algo raro.»

CAPÍTULO XI

EL SECRETO DE CARLOTA

La primera oportunidad que tuvo Prudencia para dar un paseo por el campamento del circo fue dos días más tarde. Buscó a Pam para pedirle que le acompañara.

—¡Oh, Prudencia! Tengo tantas ganas de terminar este libro... —repuso Pam, que estaba en mitad de una novela histórica que se refería al período que estaba estudiando en clase. Las de primer curso siempre se burlaban de que Pam no leyese jamás libro alguno a menos que tuviera relación con sus estudios.

—Ven, Pam —le suplicó Prudencia cogiéndola del brazo. Pam había recibido muy pocas demostraciones de afecto durante su vida, y siempre se conmovía fácilmente por cualquier gesto amable por parte de Prudencia. Se levantó en seguida y sus ojos de corta vista brillaron tras los gruesos cristales de sus gafas. Dejó su libro para ir en busca de su sombrero, y las dos niñas salieron juntas como la vez anterior.

En media hora llegaron al campamento.

—¡Vaya, hemos venido por el mismo camino que la semana pasada! —dijo Pam.

—Sí —replicó Prudencia fingiendo sorprenderse también—. Y mira... aún sigue ahí el campamento del circo... y esos preciosos caballos continúan en el campo. Bajemos al campamento a ver si hay algún elefante o cualquier animal interesante.

Pam no estaba muy segura de que le agradase el encuentro con los elefantes, porque los animales la ponían nerviosa, pero siguió a Prudencia obedientemente. Penetraron en el campo donde estaban las tiendas y las jaulas sin que nadie se fijara en ellas.

Al cabo de un rato los ojos perspicaces de Prudencia descubrieron al hombre desaliñado con quien estuvo hablando Carlota, y se dirigió a él.

—¿Le importa que echemos un vistazo al campamento? —le preguntó con su mejor sonrisa.

—No, vayan donde quieran, señoritas —repuso el hombre.

—¿Son del circo esos caballos que están en ese campo de ahí cerca? —quiso saber Prudencia, y señaló el campo donde vio a Carlota montando a caballo.

—Sí —replicó el hombre y continuó con la limpieza del arnés que tenía sobre las rodillas.

—¡Ojalá supiera montar como Carlota! —dijo Prudencia mirando los caballos con expresión inocente, y el hombre alzó la cabeza para mirarla.

—Ah, ella monta estupendamente —dijo—. En realidad es, en conjunto, una niña estupenda.

—¿Entonces hace tiempo que la conoce? —dijo Prudencia con la misma expresión de inocencia.

—Desde que era un bebé —replicó el hombre.

—Tiene una vida muy interesante, ¿verdad? —dijo

Prudencia fingiendo saber más de lo que sabía—. Me encanta oír todas sus historias.

Pam contemplaba a Prudencia boquiabierta. ¡Aquello era una novedad para ella! Se preguntó preocupada si Prudencia estaría contando otra de sus mentiras... ¿pero por qué iba a hacerlo?

—Oh, te ha contado su vida, ¿eh? —exclamó el hombre bastante sorprendido—. Yo creí que no...

Se detuvo en seco. Prudencia estaba excitada. Ahora sí que por fin iba a descubrir algo que valiera la pena. Miró al hombre con los ojos muy abiertos y expresión sincera. ¡Nadie era capaz de desenmascarar a Prudencia cuando se hacía la inocente y no lo era!

—Sí, soy su mejor amiga —continuó Prudencia—. Me dijo que viniera aquí y viera el campamento. Me dijo que no le importaba.

Pam estaba ahora ya plenamente convencida de que Prudencia mentía, y sintiéndose incómoda se alejó para observar un carromato. No podía continuar escuchando: No era capaz de imaginar por qué Prudencia se comportaba de aquel modo. En su naturaleza había tan poco rencor que no se le ocurrió que Prudencia pudiera estar tratando de descubrir algo que pudiera perjudicar a Carlota.

Prudencia se alegró de que Pam se alejara. ¡Ahora podría actuar con más rapidez! Tenía el presentimiento de que Carlota debía de haber estado relacionada de alguna manera con la vida del circo y por eso hizo a aquel hombre la siguiente pregunta:

—Supongo que a Carlota le encantaría la vida del circo, ¿verdad?

Evidentemente el hombre no vio nada de extraño en aquella pregunta. Supuso que Carlota había hablado de su vida con Prudencia, y asintió con la cabeza.

—No debería haberlo dejado —replicó—. Mi hermano, que trabajaba en la misma compañía que Carlota, dijo que si abandonaba el circo destrozaría su corazón. Esa niña sabía manejar los caballos mejor que un hombre. Me alegró dejarle galopar el otro día cuando vino aquí. Mañana nos vamos... de manera que dile cuando regreses que si quiere dar otra galopada, que tendrá que venir mañana por la mañana muy temprano, como hizo hace dos semanas.

Prudencia casi temblaba de excitación. Había descubierto todo lo que deseaba saber. La antipática de Carlota era una niña circense... ¡una horrible, y vulgar niña circense! ¿Cómo se atrevió la señorita Theobald a aceptar en su colegio una niña así? ¿Es que esperaba que las hijas de buenas familias, como Prudencia, alternaran con niñas saltimbanquis?

Llamó a Pam y las dos juntas volvieron al colegio en silencio. Pam seguía sintiéndose violenta por las mentiras que Prudencia había dicho al hombre del campamento... y Prudencia pensaba en lo lista que había sido. No se daba cuenta de que aquello no era verdadera inteligencia... sino sólo una astucia vergonzosa.

Se preguntaba cómo hacer circular la noticia entre las niñas. ¿Y si dejara caer alguna insinuación aquí y allá? ¡Si pudiera hablar con aquella estúpida de Alison, en seguida lo publicaría por todas partes! Aquella noche en la sala común fue en busca de Alison, que estaba componiendo un complicado rompecabezas. Le encantaban los rompecabezas, aunque no solía tener facilidad para ello, y casi siempre terminaba tirando la mitad de las piezas por el suelo.

Era un rompecabezas muy interesante, y cuatro o cinco niñas se habían acercado para ver cómo le iba a Alison. Bobby cogió una pieza.

—¿Ésta no va aquí? —le dijo colocándola en su sitio.

Hilaria cogió otra pieza y al tratar de colocarla casi desbarata lo que ya había hecho.

—¡Oh! —exclamó Alison exasperada—. Si hay algo que aborrezca más que nada es que me ayuden a terminar los rompecabezas. Primero Bobby, luego Hilaria y luego la que sea. ¡Los termino mucho más de prisa cuando nadie me ayuda!

—Aún no te he visto terminar ninguno, Alison —le dijo Pat en tono retador.

—¿Por qué no los haces como es debido? —dijo Doris, que aunque no valía gran cosa para aprenderse las lecciones era extraordinariamente rápida para componer rompecabezas—. Siempre empiezas poniendo piezas juntas aquí y allí. Lo que tienes que hacer es comenzar por las piezas exteriores. Mira, tienen un borde recto, y...

—Ya lo sé —replicó Alison impaciente—, pero Sadie dice...

Inmediatamente las niñas que la rodeaban entonaron el sonsonete con gran satisfacción.

—¡Sadie dice... Sadie dice... Sadie, Sadie, Sadie DICE!

Las niñas que estaban al fondo de la sala también se unieron al coro y Sadie, de buen talante, alzó su bonita cabeza.

—No les hagas caso, Alison —dijo. Pero Alison sí se

lo hacía, porque nunca supo soportar con gracia que le tomasen el pelo. Recogió el rompecabezas metiendo las piezas dentro de la caja, se le cayeron dos o tres al suelo, y salió de la estancia avergonzada.

Prudencia la siguió con la esperanza de poder deslizar unas palabritas en su oído.

—¡Alison! —le gritó—. ¡Qué vergüenza burlarse de ti de esa manera! Sal al jardín conmigo. Hace una tarde espléndida.

—No, gracias —replicó Alison, con bastante rudeza, porque no le gustaba Prudencia—. ¡No estoy de humor para oír cosas desagradables de la mitad de las niñas de la clase!

Prudencia enrojeció. Era cierto que no perdía ocasión de explicar chismes de sus compañeras tratando de sembrar la discordia entre ellas... pero no había caído en la cuenta de que ellas lo sabían. Era evidente a todas luces que Alison no estaba dispuesta a escuchar ningún chisme referente a Carlota.

—Tendré que pensar otro medio —se dijo Prudencia para sus adentros. Pero no tuvo que pensar mucho... porque la ocasión se presentó aquella misma noche con mucha más rapidez de lo que Prudencia había esperado.

Regresó a la sala. Carlota estaba allí riendo mientras contaba un chiste con su medio acento extranjero, ese que tan agradable resultaba al oído. Las niñas la rodeaban, y Prudencia sintió la punzada de los celos al verlas.

Su rostro estaba tan sombrío mientras miraba a Carlota que Bobby se echó a reír en voz alta.

—¡Ahí viene la vieja «Leche-Agria»! —exclamó y todas rieron.

—¡«Leche-Agria»! —dijo Carlota—. Es un bonito nombre. ¿Por qué estás agria Prudencia?

De pronto Prudencia se sintió llena de odio.

—¡Es suficiente para agriar a cualquiera tener que convivir con una vulgar muchacha circense como tú! —le dijo en un tono tan lleno de odio que todas la miraron asombradas. Carlota rió.

—¡Me gustaría verte en un circo! —le dijo risueña—. A los tigres les encantaría comerte para cenar, y no creo que nadie te echara de menos.

—Ten cuidado, Carlota —le amenazó Prudencia—. Sé todo lo referente a ti. ¡Todo... todo!

—¡Qué interesante! —replicó Carlota, aunque sus ojos comenzaron a brillar peligrosamente.

—Sí... muy interesante —continuó Prudencia—. Todas te despreciarían si supieran lo que yo sé. Entonces no tendrías ninguna amiga. ¡Nadie quiere tratar a una... vulgar saltimbanqui!

—Cállate, Prudencia —le dijo Bobby, temiendo que Carlota perdiera los estribos—. No digas mentiras tontas.

—No son mentiras tontas —replicó Prudencia—. Es la verdad, la pura verdad. Cerca de Trenton ha acampado un circo y estuve hablando con uno de los hombres... y me dijo que Carlota pertenecía al circo, que sabía cómo manejar a los caballos, y que no era más que una vulgar muchacha que trabajaba en un circo propiedad de su hermano. ¡Y nosotras hemos de vivir con una niña como ella!

Cuando Prudencia concluyó de hablar se hizo un silencio absoluto. Carlota miró a todas las niñas con ojos llameantes. Ellas también la miraron, y al fin habló Pat.

—Carlota... ¿de verdad vivías en un circo?

Prudencia las observaba a todas satisfecha de su bomba. Ahora iba a ver Carlota lo que le decían las niñas decentes y bien educadas, y ella, Prudencia, tendría su venganza. Aguardó con impaciencia la caída de la fiera Carlota.

Ante la pregunta de Pat, Carlota miró hacia las mellizas asintiendo con la cabeza.

—Sí —declaró—. Yo trabajaba en un circo. Y me entusiasmaba.

Las niñas miraron a Carlota con sorpresa y entusiasmo. Tenía los ojos brillantes y las mejillas rojas. Todas la imaginaron perfectamente montando en la pista de un circo, y la rodearon con ansiedad.

—¡Carlota! ¡Qué maravilloso!

—¡Oye, Carlota! ¡Es sencillamente estupendo!

—¡Carlota, tienes que explicárnoslo todo!

—Siempre supe que no eras una niña como las demás.

—¡Oh, Carlota, nunca nos lo dijiste! ¿Por qué no nos lo contaste?

—Pues... prometí a la señorita Theobald que no os lo diría —repuso Carlota—. Comprended... en realidad es una extraña historia... mi padre se casó con una circense... que huyó de su lado llevándome consigo cuando yo era un bebé. Murió poco después y yo fui educada por la gente del circo. Se portaron estupendamente conmigo.

Se detuvo recordando muchas cosas.

—Continúa —le dijo Katy impaciente—. ¡Continúa por favor!

—Pues bien... me entusiasmaban los caballos, igual que a mi madre —prosiguió Carlota—, así que naturalmente montaba en la pista. Bueno, no hace mucho tiempo, mi padre, que había estado buscándonos a mí y a mi madre durante años, descubrió de pronto que mi madre había muerto y que yo estaba en un circo. Mi padre es un hombre rico... y me hizo dejar el circo, y cuando descubrió mi poca educación, pensó enviarme a un colegio para que aprendiera.

—¡Oh Carlota...! ¡Qué romántico! —exclamó Alison—. Igual que una novela. Siempre te he encontrado un algo especial, Carlota, pero supuse que se debería a que eres extranjera.

—Mi madre era española —repuso Carlota—, y alguna gente del circo era también española, aunque muchos venían de media Europa. Era gente estupenda. Ojalá pudiera volver con ellos. Yo no me adapto aquí. No pertenezco a este mundo. Ni me gusta tampoco. Nuestras ideas son completamente diferentes... y nunca, nunca aprenderé.

Parecía tan abatida que las niñas trataron de consolarla.

—¡No te preocupes, Carlota! Pronto te irás amoldando... mucho mejor ahora que ya sabemos todo lo referente a ti. ¿Por qué no quiso la señorita Theobald que supiéramos que habías pertenecido a un circo?

—Pues supongo que pensaría que ibais a mirarme con un poco de menosprecio —dijo Carlota, y las niñas se apresuraron a contestar:

—¡Mirarte con menosprecio! ¡Si estamos emocionadas! ¡Carlota, enséñanos algunas cosas estupendas de las que sabes hacer!

—Prometí a la señorita Theobald que no lo haría

nunca —dijo Carlota— para no descubrirme. El otro día rompí mi promesa en el gimnasio... pero no pude evitarlo. Había estado recordando y soñando con los tiempos del circo... y en mi querido caballo, Terry... y me volví loca y por eso hice todas esas cosas en el gimnasio. ¡Sé hacer muchas más de las que os demostré entonces!

—¡Carlota! ¡Anda con las manos, venga, cabeza abajo! —suplicó Bobby—. ¡Caramba! ¡Qué divertidas vamos a estar! Eres una criatura violenta con tus arrebatos y tu lengua atrevida... pero eres natural y amable, y ahora que comprendemos la clase de vida que has llevado hasta ahora, te querremos más. Es maravilloso que te hayas adaptado tan bien. Qué suerte que hayas sido sincera con nosotras, pues no te hubiéramos admirado tanto si hubieras tenido miedo de decirnos la verdad.

—Miedo de deciros la verdad... vaya, si me siento orgullosa de ella —exclamó Carlota con los ojos brillantes—. ¿Por qué había de avergonzarme de saber tratar a los caballos? ¿Por qué había de avergonzarme de vivir con gente sencilla que tiene los corazones más buenos del mundo?

Y dándose un ligero impulso, apoyó las manos en el suelo y comenzó a caminar solemnemente por la sala con los pies en alto y moviendo sus fuertes manitas. Las niñas la rodearon riendo admiradas.

—¡Vaya... el segundo curso tendrá celos cuando sepa lo de Carlota! —exclamó Bobby.

—¡Desde luego! —dijo Sadie, que estaba tan llena de admiración como las demás. Todo parecía sorprendente e irreal.

Todas estaban contentas y emocionadas... excepto

una. Esa niña, naturalmente, era Prudencia. No podía entender la actitud de sus compañeras, por ser completamente opuesta a lo que ella había esperado. Costaba creerlo.

Prudencia guardaba silencio escuchando los gritos y exclamaciones de admiración. El corazón le dolía dentro del pecho. La bomba que acababa de arrojar había explotado... pero a la única que hizo daño fue a la propia lanzadora. En vez de hacer que las niñas despreciaran a Carlota, sólo consiguió que la rodearan entusiasmadas. Ahora Carlota se exhibiría más que antes... y tendría más amigas que nunca. ¿Cómo podía gustar a alguien una niña desagradable y vulgar como aquélla, que incluso a veces no era capaz ni de poner las haches?

Nadie hizo caso de Prudencia. En primer lugar estaban demasiado entusiasmadas con Carlota... y por otra parte la despreciaban por su mezquino intento de perjudicar a una compañera por algo que no podía evitar. Bobby le dio un codazo con cierta rudeza, y Prudencia casi se deshace en lágrimas de rabia y desesperación.

Salió de la sala. Ver a Carlota andando sobre sus manos y aclamada por todas las alumnas de primer curso era más de lo que ella podía soportar. Las últimas palabras que oyó fueron:

—¡Llamemos a las de segundo curso! ¿Dónde están? ¿En el gimnasio? ¡Vamos a decirles que vengan a ver a Carlota! ¡Es maravillosa!

«Yo pretendía que mi noticia la perjudicara... y sólo le ha proporcionado suerte y amistades —pensó Prudencia con amargura—. ¿Y qué voy a hacer ahora?»

CAPÍTULO XII

BOBBY SE LLEVA UNA SORPRESA

Después de aquella revelación Carlota se convirtió en una persona muy popular. Su absoluta sinceridad y franqueza desarmaron a todo el mundo, y para muchas de las niñas, se había convertido de pronto en un ser romántico y sorprendente. Incluso las de segundo curso estaban emocionadas, aunque por lo general solían arrugar la nariz ante todo lo que ocurriera en el primer curso. Pero Tessie, Queenie y el resto de segundo curso insistían tanto como las de primero para que Carlota les demostrase sus trucos y habilidades circenses.

—¡La malvada de Prudencia debe de haberse llevado un buen chasco al ver que en vez de despreciar a nuestra Carlota la envidiamos y admiramos! —dijo Pat—. Apuesto a que nuestra querida Prudencia pensó que íbamos a enseñarle los dientes al saber que había pertenecido a un circo. ¡Voto porque la castiguemos no haciéndole el menor caso ni escuchando nada de lo que diga!

—En ese caso creo que deberíamos hacer lo mismo con Pam —dijo Bobby—. Pam es amiga de Prudencia, ya sabéis, y estaba con ella cuando espiaron a Carlota. Es una criatura tonta que tiene en muy buen concepto a Prudencia. Le hará bien saber que no aprobamos los manejos de Prudencia, y que no tenemos ningún interés en mostrarnos amables con sus amigas.

—Pues, yo lo siento bastante por Pam —replicó Isabel—. Es muy nerviosa y trabajadora. No seamos demasiado duras con ella.

A Prudencia no le gustó nada el trato que habían resuelto darle las de primer curso. Le gustaba mucho el sonido de su propia voz, y le contrarió mucho descubrir que en cuanto abría la boca para exponer sus puntos de vista sobre alguna cosa, todas las niñas que estaban a su alrededor desaparecían repentinamente, o bien comenzaban a hablar unas con otras a voz en grito de tonterías.

Entonces Prudencia quiso dirigirse a Hilaria y le dijo:

—Hilaria. ¿De qué parte te pondrás esta noche durante el debate «¿Deben gobernar el mundo las mujeres?»? Yo pienso defender el que sí podrían. Al fin y al cabo, nosotras no...

Y entonces Hilaría se dirigió repentinamente a Janet en voz bien audible y le dijo algo completamente ridículo:

—Oye, Janet, ¿cuántas patas tiene un gatito?

Y Janet, muy seria, le respondió en voz alta:

—Pues, cuatro por lo general, pero será mejor que las cuentes para comprobarlo.

Prudencia las miró asombrada y luego volvió a la carga.

—Decía que si las mujeres gobernásemos el mundo...

Y entonces intervino Katy cortando en seco la afectada voz de Prudencia.

—¡Hilaria, Janet! ¿Vosotras creéis de veras que si se

parte un gusano por la mitad crecen dos gusanos?

Y Bobby exclamó con bastante crueldad.

—¿Qué os parece si cortásemos en dos a Prudencia? Así lo veríamos.

Y así continuaron sin prestar la menor atención a Prudencia, que dolida y enojada fue en busca de Pam para que la consolase. Vertió algunas lagrimitas y su amiga Pam trató de animarla.

—Pam, tú sabes muy bien que yo no estaba espiando a Carlota —sollozó Prudencia—. ¿No podrías decírselo a las demás? Ayúdame. ¿De qué me sirve que seas mi amiga si no me ayudas?

Y la pobre Pam, con intención de ser leal, quiso ayudar a Prudencia, aunque en el fondo de su corazón ya no la quería ni confiaba en ella. Pero aquella niña de trece años se conmovía fácilmente y se dejaba enternecer por cualquiera que llorase.

De manera que muy pronto las alumnas de primer curso comenzaron a ignorar también a Pam, riéndose de sus esfuerzos por defender a Prudencia. Pam se refugió dentro de su concha sintiéndose muy desgraciada. Estaba muy preocupada por todo lo ocurrido y se entregó de lleno al estudio para que le ayudase a olvidar los muchos sinsabores que se iban acumulando durante aquellas semanas.

Ahora que su secreto estaba descubierto, Carlota era muy feliz. Por ser de naturaleza abierta y franca no le gustaba guardar nada para sí. Ahora todo el colegio sabía lo que era y la contemplaban con admiración, esperando que en cualquier momento hiciera algo extraordinario. Las mellizas la tomaron bajo su protección, y siempre se las veía con Carlota, Bobby y Janet.

Carlota fue a ver a la señorita Theobald para comunicarle que todo el colegio estaba enterado de que había pertenecido a un circo.

—Pero creo que no les importa —dijo Carlota mirando a los ojos de la Directora con toda franqueza—. Usted pensó lo contrario, ¿verdad?

—No, Carlota. Yo no pensé que les importase a la mayoría —replicó la señorita Theobald—. Pero creí que te sería más fácil adaptarte si las niñas no te miraban como algo extraordinario. Además tu padre me suplicó que guardara tu secreto como él le llama. Bueno... ahora se ha descubierto... y debes demostrarme que no importa. Ya sabes que tu padre no tiene a nadie más que a ti... de manera que trata de acostumbrarte a la clase de vida que más adelante tendrás que llevar a su lado.

Carlota suspiró. No deseaba llevar otra clase de vida de la que siempre había conocido... la vida del circo, siempre conociendo caras nuevas. Abandonó el despacho de la señorita Theobald bastante alicaída.

Al cabo de algún tiempo, la excitación causada por el alboroto y el altercado que tuvo lugar en la clase de *Mam'zelle* y por el secreto de Carlota se fue apaciguando, en parte por los campeonatos que se avecinaban... partidos de tenis y concursos de natación... y todo el colegio se entrenaba a fondo con la esperanza de ganar todas las pruebas contra los otros colegios.

Las mellizas se entrenaban de firme ayudadas por Bobby. La despreocupada Bobby no era capaz de hacer grandes cosas por ayudarse a sí misma, pero no le importaba el tiempo que perdiera en ayudar a cualquiera a superarse en lo que fuese. Janet e Hilaria también se entrenaban, pero no eran tan buenas jugadoras como las mellizas.

—Las dos tenéis muy buen estilo cuando jugáis al tenis —les dijo Belinda Towers en tono aprobador una tarde que las miraba jugar—. ¡Si continuáis así os escogeré para formar parte del equipo del primer curso para jugar contra el San Cristóbal! Bobby, tú también has mejorado. ¿Por qué no te esfuerzas un poco más para ver si puedes ser la jugadora de reserva?

De cada clase eran seleccionadas dos niñas para jugar contra dos niñas de cada curso del colegio contrario, y por cada dos había una reserva, en caso de que una de las dos enfermase o no pudiera jugar por alguna otra razón. Al oír las palabras de Belinda, Bobby meneó la cabeza.

—¡No, gracias! —dijo—. ¡Me parece que el tenis es un trabajo muy duro, y no me agrada tener que entrenarme tanto sólo para ser únicamente reserva!

A Belinda no le divirtió su respuesta, y lanzando a Bobby una mirada que le sorprendió bastante, porque estaba llena de rencor, agregó:

—Oh, bueno, claro que no hay que esperar que la Despreocupada de Bobby se preocupe tanto por el colegio, o que sienta el orgullo suficiente por su clase para hacer algo que pueda parecerle trabajo duro. ¡Qué tonta he sido al sugerírselo!

Se alejó mientras las tres la miraban.

—¿Qué le habrá picado esta tarde? —exclamó Bobby sorprendida, y las mellizas la miraron, violentas.

—Pues supongo que a las mayores les debe parecer que haces lo que te viene en gana y que no te preocupas por estudiar o entrenarte todo lo duramente que pudieras —dijo Pat al fin—. No es que yo te lo reproche... yo considero que eres estupenda tal como eres... pero las mayores tienen otras ideas. Ya sabes lo serias y formales que se vuelven a medida que van subiendo de clase. ¡Puede que alguna vez tú también llegues a ser seria y formal... aunque ojalá no lo seas nunca!

—No te preocupes, que no lo seré —replicó Bobby al punto. No le habían gustado nada las palabras de Belinda, y se preguntó si debía esforzarse un poco más en entrenarse en la pista de tenis para complacer a Belinda. Pero era muy obstinada y no lo hizo, aunque continuó ayudando a las mellizas todo lo que pudo, permaneciendo largo rato al otro lado de la red mientras ellas ensayaban su saque lanzando una pelota tras otra con la intención de mejorar su estilo.

Sadie, Alison, Pam, Prudencia y Carlota no hicieron el menor intento por mejorar su tenis. O jugaban porque tenían que jugar, o porque en aquel momento no había nada mejor que hacer. Ninguna de las cinco, exceptuando Carlota, se acercaba a la piscina más que los días en que era obligatorio. Y esos días eran tres de cada semana, y ¡cómo se lamentaban Prudencia y Sadie cuando tenían que bajar a la piscina y desnudarse tiritando en las pequeñas casetas de madera que había junto al agua!

Carlota estaba loca por el agua, ya que aun sin saber nadar bien, ni muy de prisa, realizaba toda clase de acrobacias, y era delicioso verla bucear. La señorita Wilton no sabía qué hacer con ella.

—¡Nunca sabrás nadar bien, Carlota —le decía—, pero no me sorprendería que te llevases todos los premios por tus acrobacias! Esa zambullida que acabas de hacer ha sido preciosa, pero por favor, no vuelvas a deslizarte de pie por el tobogán. Es peligroso. Y procura no lanzarte desde el trampolín más alto cuando Prudencia esté debajo. La asustas terriblemente.

—¡Oh, señorita Wilton, no querría asustar a Prudencia por nada del mundo! —replicó Carlota con una vocecilla altisonante y una traviesa mirada en sus ojos. ¡Y a continuación salió corriendo por el suelo de mármol, y simulando resbalar, cayó al agua con gran estrépito precisamente encima de la desdichada Prudencia! Nadie sabía lo que Carlota iba a hacer a continuación.

Las mellizas esperaban ser elegidas para jugar contra el San Cristóbal. ¡Sería tan divertido jugar juntas!

—Mamá se alegraría mucho si supiera que nos han seleccionado —dijo Pat—. Ojalá Bobby fuese reserva y viniera con nosotras. Pero apuesto a que elegirán a Janet o a Hilaria.

El partido iba a celebrarse la semana siguiente, y tres niñas de cada curso iban a ir a la escuela de San Cristóbal para jugar contra las alumnas de los cursos correspondientes. Belinda prometió escribir los nombres de las agraciadas la noche antes en la pizarra.

Antes de escribir los nombres Belinda mandó llamar a Bobby, que acudió a su despacho muy sorprendida. La alumna mayor estaba allí escribiendo las listas de las elegidas.

—Hola, Bobby —le dijo indicándole una silla con un ademán—. Siéntate un momento. Casi he terminado.

Bobby tomó asiento y se dedicó a estudiar el bonito perfil de Belinda. Le agradaba mucho y sabía cuánto había luchado para llegar a ser delegada de deportes. Se preguntaba qué iría a decirle.

La delegada de deportes dejó la pluma y alzó la cabeza.

—Mira, Bobby —le dijo—. Quiero que sepas una cosa. Juegas bastante bien al tenis y yo casi había decidido que fueses la reserva de tu curso, pero quiero saber si tú también lo has pensado y luchado por conseguirlo.

—No —contestó Bobby poniéndose colorada—. ¡Ya te dije que eso representaba demasiado trabajo, Belinda! De todas formas, las reservas nunca juegan en los partidos... sólo miran... y a mí no me gusta mirar. ¡Si he de hacer algo, quiero jugar, y no hacer de mirona!

—Eres desconcertante —dijo Belinda—. Tienes muy buenas aptitudes, Bobby... pero no les sacas el menor partido. Creo que si te hubieras entrenado tanto como las mellizas no hubiera sabido a quién escoger para los dos puestos de jugadora. Has dejado que Pat e Isabel se entrenasen contigo todo lo que han querido... y sin embargo tú no has tratado de mejorar lo más mínimo. Bobby la Despreocupada es un buen nombre para ti... pero no llegarás muy lejos si no te interesas por nada.

—Yo no quiero llegar lejos —replicó Bobby volviendo a mostrarse obstinada—. Ya te lo he dicho, Belinda... me gustaría jugar el partido... pero no sirvo para mirar... de manera que escoge a Janet o a Hilaria como reserva. ¡A mí no me importa!

—Muy bien —replicó Belinda fríamente—. Escogeré a una de las otras. Esperaba que tú me dijeras que habías procurado entrenarte un poco por tu propia cuenta... entonces desde luego que te hubiera escogido para reserva... pero viendo que no te importa en absoluto, escogeré a cualquier otra. Puedes marcharte.

Bobby salió de allí con las mejillas rojas y bastante avergonzada de sí misma. Era una extraña mezcla. Tenía gran inteligencia, ánimo y amabilidad... pero demostraba un incurable disgusto por el trabajo duro, y si alguien trataba de convencerla se mostraba obstinada e inconmovible. Belinda estaba perdiendo la paciencia con ella.

La delegada de deportes hizo la lista de las tres niñas escogidas para jugar el partido de tenis del día siguiente y fue a clavarla en el tablero de anuncios. En seguida se vio rodeada por un nutrido grupo.

—¡Pat! ¡Isabel! ¡Venga, vosotras sois las dos jugadoras! —gritó Doris con toda su voz—. ¿Quién es la reserva? ¡Quita de ahí tu cabezota, Prudencia!

La reserva era Janet, que estaba encantada, y se volvió a Bobby.

—Creí que te escogerían a ti —dijo—. En realidad eres mucho mejor que yo. ¡No sé por qué Belinda me habrá escogido a mí y no a ti, Bobby!

Bobby sí lo sabía muy bien, pero no dijo nada. Estaba enojada porque no podía por menos de sentirse avergonzada.

—Me alegro de que seas tú —le dijo a Janet—. Las reservas nunca juegan... todas lo sabemos... pero de todas formas te divertirás.

CAPÍTULO XIII

TRES PARTIDOS DE TENIS... Y UN ACCIDENTE

El día siguiente amaneció cálido y soleado... adecuadísimo para un partido de tenis. Corría una brisa ligera, pero no lo bastante fuerte como para molestar a las jugadoras. El partido iba a comenzar a las tres en punto. Las nueve niñas escogidas, tres de cada curso, iban a ir con Belinda y la señorita Wilton en un pequeño autocar particular que el colegio utilizaba a menudo.

Pat e Isabel se hallaban en un estado de gran excitación. Hasta entonces nunca habían jugado representando a su colegio y se sentían muy contentas y orgullosas.

—¿Verdad que es estupendo que juguemos las dos juntas? —exclamó Pat, gozosa—. Hubiera sido horrible si llegan a escoger sólo a una de nosotras y a la otra no.

Janet estaba casi tan excitada como ellas, porque a pesar de ser la jugadora de reserva y por tanto tener una oportunidad entre cien de llegar a jugar, le resultaba muy divertido ir en el autocar al otro colegio. Ella y las otras dos reservas podrían sentarse con Belinda Towers y la señorita Wilton y hablar con ellas mientras transcurriese el juego.

—¡Buena suerte! —dijeron todas cuando el pequeño autocar se detuvo ante la puerta del colegio y fueron subiendo las jugadoras—. ¡Buena suerte! ¡Que ganéis todos los partidos! ¡Si lo hacéis os dedicaremos tres hurras de todo corazón cuando volváis! ¡Buena suerte!

Bobby sintió un poco de envidia al ver los rostros felices de las mellizas y Janet en el autocar. ¡Sabía que ella también hubiera podido ir de haberlo deseado realmente! Pero nadie adivinó sus pensamientos, porque gritó: ¡Buena suerte!, y las saludó con la mano como las demás.

Era divertido atravesar la campiña en dirección al San Cristóbal. Las niñas examinaron ansiosamente las cuerdas de sus raquetas para asegurarse de que estaban bien tensas y en perfecto estado. Sus zapatillas de tenis estaban blancas como la nieve y sus trajes blancos inmaculados. Todas esperaban dar una buena exhibición durante los partidos contra el colegio rival.

Al llegar al colegio fueron recibidas por la delegada de deportes, una jovencita muy graciosa vestida de blanco, y por las niñas que iban a jugar contra ellas. Todas fueron hacia las pistas charlando animadamente.

—Nuestras pistas necesitan desesperadamente un poco de lluvia —dijo una alumna del San Cristóbal—. Las líneas de saque están muy desgastadas. Tenemos pistas de tierra y pistas de hierba, pero hemos pensado utilizar hoy las de hierba porque son mucho más agradables de pisar... y además alrededor de ellas hay más espacio para que el colegio contemple los partidos. ¡Queremos que todo el mundo vea la paliza que vamos a darles a las del Santa Clara! ¡El año pasado nos ganasteis vosotras, así que éste nos toca ganar a nosotras!

Margery Fenworty era una de las escogidas de segundo curso, y estaba deseando comenzar. Era maravillosa para todos los deportes y había estado entrenándose a fondo para perfeccionar su estilo. Su amiga, Lucy Oriell, había sido escogida para ser su pareja y las dos niñas estaban encantadas. Lucy sentía demasiada inclinación por el estudio, y Margery la obligaba a distraerse todo lo posible... y ahora allí estaba Lucy, con sus rizos oscuros bailándole alrededor de su rostro, feliz de tener una tarde entera libre, sin trabajo escolar.

Jane Rickson y Winnie Hill eran las dos representantes del tercer curso. Las seis jugadoras del Santa Clara se pusieron las zapatillas de tenis y se quitaron sus chaquetas.

—Hemos pensado que, puesto que habéis llegado pronto, podemos jugar los tres partidos por separado, en vez de jugarlos al mismo tiempo —dijo la capitana del San Cristóbal—. Primero pueden jugar las de tercer curso. ¿Estáis listas? ¿Queréis sortear la elección del campo?

Jane Rickson y Winnie Hill ganaron la elección del lado de la pista. Las ganadoras serían las mejores de tres sets. Las jugadoras ocuparon sus puestos. Janet servía. Lanzó la pelota al aire... y el partido comenzó.

Fue realmente emocionante. Las dos parejas de jugadoras estaban muy bien avenidas, y los juegos eran muy reñidos. Prácticamente igualaron en todos. El primer set lo ganó el Santa Clara por siete-cinco, y el segundo, el San Cristóbal por seis-cuatro.

—¡Y ahora el tercer set! —exclamó Pat, excitada—. ¡Cielos!, ¿Verdad que Jane y Winnie están jugando muy bien, Belinda? ¿Tú crees que ganarán?

—Yo creo que sí —dijo Belinda sonriendo ante la

cara preocupada de Pat—. Me parece que las otras dos empiezan a cansarse un poco.

Belinda tenía razón. Las jugadoras del San Cristóbal no estaban tan frescas como las dos del Santa Clara. De todas formas el último set fue muy emocionante y reñido, y llegaron hasta cinco juegos iguales. Entonces Janet ganó el juego de su saque. ¡Seis a cinco!

—¡Ánimo, Jane y Winnie! —gritaron las mellizas—. ¡Ánimo!

¡Y se animaron! Cubrieron toda la pista, acertaron todas las jugadas, devolviendo de bolea las pelotas más fáciles, y cortando las fuertes... ¡y he aquí que el Santa Clara ganó el primer partido por dos sets a uno!

—Dos sets a uno del Santa Clara —cantó el árbitro— ¡Todas habéis jugado muy bien!

El San Cristóbal vitoreó a las vencedoras. Las niñas se estrecharon las manos por encima de la red, y luego fueron a beber limonada en la que flotaban cubitos de hielo. ¡Qué rica estaba!

—Caramba, ha sido un buen partido —jadeó Jane estirando su largo cuerpo sobre la hierba—. Mira... ahí van las de segundo. ¡Ánimo, Margery! ¡Ánimo, Lucy! Belinda, no creo que haya ninguna duda respecto a este partido, ¿verdad? Yo creo que Margery y Lucy barrerán de la pista a las del San Cristóbal.

—Me sorprendería mucho si no ganasen las nuestras —replicó Belinda—. Celebro mucho que vosotras dos hayáis logrado ganar. Ya sabéis que estabais muy igualadas... pero tú y Winnie supisteis reservar mejor vuestras fuerzas. Ha sido estupendo veros jugar el último juego ¡Bien hecho!

En ningún momento hubo la menor duda respecto al resultado del segundo partido. Lucy y Margery dominaron constantemente. Las dos niñas contrarias eran muy buenas jugadoras... pero Margery estuvo maravillosa. Ella y Lucy formaban una pareja perfecta, y no dejaban ninguna zona de la pista al descubierto. Además, Margery ganó todos sus saques.

—Cielos, qué buena es —dijo Belinda—. ¿Verdad que es muy buena, señorita Wilton?

—Maravillosa —dijo la delegada de deportes del Santa Clara—. Y qué contenta se la ve. ¡Qué distinta de la ceñuda Margery del curso pasado!

Las mellizas recordaron lo ceñuda, triste y malhumorada que había sido Margery el curso anterior, y cómo había cambiado al convertirse en heroína una noche después de rescatar del fuego a otra niña. ¡Y ahora allí estaba le misma Margery ganando honores para su colegio, tan orgullosa del Santa Clara como el Santa Clara lo estaba de ella!

El partido terminó en dos sets.

—Vencedor el Santa Clara —gritó el árbitro—, en dos sets: seis-uno, seis-cero.

—¡Ahora nos toca a nosotras! —dijo Pat a Isabel con gran excitación, mientras observaba cómo las niñas de segundo curso se estrechaban las manos por encima de la red—. Vamos, Isabel. ¡Tenemos que ganar!

—Jugad seguras, mellizas —les dijo Belinda—. Tenéis que ganar. Las dos juntas jugáis tan bien como Margery y Lucy. ¡Vaya, qué orgullosas de nosotras estaría el Santa Clara si esta noche volviésemos con los tres partidos ganados! ¡Hemos de conseguirlo!

Las mellizas se levantaron y corrieron hacia la pista de tenis raquetas en mano.

—¡Sortead los lados! —exclamó el árbitro, y una jugadora del San Cristóbal hizo girar velozmente su raqueta.

—¡Marca! —gritó Pat, y marca salió. Pat escogió el lado de la pista y las cuatro fueron a ocupar sus puestos. Belinda estaba muy satisfecha de la seguridad que demostraban continuamente las mellizas; se habían entrenado juntas, y formaban casi tan buena pareja como Margery y Lucy.

Ganaron los tres primeros juegos, perdieron uno y ganaron otro. ¡Y entonces ocurrió algo terrible!

Pat servía. La pelota fue devuelta hacia el lado izquierdo de Isabel e hizo un bote falso. La niña se volvió en redondo para devolverla, se torció el tobillo y cayó al suelo aparatosamente. Al punto quiso levantarse, pero el pie cedió bajo el peso de su cuerpo y volvió a caer con un grito de dolor y sorpresa.

Pat corrió hacia ella, preocupada.

—¡Isabel! ¿Qué te ha ocurrido? ¡Oh, no me digas que te has torcido el tobillo!

—¡En seguida estaré bien! —dijo Isabel con el rostro muy pálido porque el pie le dolía mucho—. Espera un minuto hasta que se me pase el dolor.

Pero el dolor no se le pasaba y el tobillo no tardó en hincharse enormemente.

—Te lo has dislocado —le dijo la señorita Wilton—. Y me temo que de mala manera... ¡pobre Isabel, qué mala suerte! Tendré que sacarte de la pista y Janet ocupará tu puesto.

¡Y así ocurrió que por una vez tuvo que jugar la re-

Se torció el tobillo y cayó al suelo aparatosamente.

serva! Pero la pobre Janet... al ver a Isabel tan pálida y dolorida se trastornó y se puso muy nerviosa. Comprendía que Pat y ella debían ganar a toda costa... pero no era capaz de jugar tan bien como esperaba.

En primer lugar no se había entrenado mucho con ninguna de las dos mellizas, y no había aprendido a jugar complementándose con ellas. No cesaba de correr hacia el campo de Pat, dejando el suyo al descubierto, de manera que a sus contrarias les resultaba fácil colocar las pelotas donde Janet no pudiera alcanzarlas. Y cuando Pat jugaba pegada a la red, Janet se olvidaba de cubrir la línea de fondo, así que las pelotas pasaban sobre su cabeza sin que pudiera devolverlas.

Perdieron el primer set, cuatro-seis... y cielos, perdieron también el segundo, por cuatro-seis. Estaban tristes y decepcionadas.

—Animaos —les dijo Belinda cuando salieron de la pista—. ¡Ponéis la misma cara de Prudencia Leche-Agria! Era irremediable.

—Hubiérais ganado si Isabel hubiese continuado jugando contigo —dijo Janet a Pat—. Y creo que también si Bobby hubiera venido de reserva en mi lugar. Bobby no tiene nervios... y hubiera ocupado el lugar de Isabel magníficamente. Ella siempre está donde conviene, y ha jugado tanto contigo que conoce mucho mejor tu juego que yo. Hubiera sido una pareja mucho mejor que yo. Belinda, ¿no lo crees así?

—Bueno —replicó Belinda con sinceridad—. Estoy de acuerdo contigo en que Bobby conoce mejor que tú el juego de Pat... pero de todas maneras no estoy segura de que hubiese ganado el partido.

¡Pero Pat, Isabel, Janet y las otras sí estaban seguras! Estuvieron hablando de ello mientras merendaban, y luego lo discutieron en el autocar camino del colegio

Las niñas del Santa Clara estuvieron encantadas al saber que el segundo y el tercer curso habían ganado sus partidos, y lamentaron mucho la caída de la pobre Isabel. Su tobillo se había deshinchado algo y se sentía muchísimo mejor.

—Estará bien dentro de uno o dos días —dijo el Ama cuando lo examinó—. ¡Mala suerte, Isabel! ¡Vaya un momento más inoportuno para caerse, en mitad de un partido importante!

Isabel sonrió con tristeza. Se sentía muy decepcionada por todo lo ocurrido, especialmente cuando vio a Pat perder el partido contra las niñas del San Cristóbal. Se desahogó contándoselo a Bobby.

—¡Bobby, yo creo que Pat hubiera ganado si Belinda te hubiera escogido a ti como reserva en vez de a Janet! —le dijo—. Janet hizo cuanto pudo... pero no está acostumbrada al juego de Pat como tú. Oh, ¿por qué Belinda no te escogió a ti? Yo creo que fue un gran error por su parte. ¡Si hubieras jugado con Pat hubierais ganado, y entonces el Santa Clara no hubiese perdido ni un solo partido!

Bobby la escuchaba en silencio. ¡Ella sabía muy bien por qué no la había escogido Belinda! Había sido tonta y obstinada. ¡Y había perjudicado al Santa Clara! Ella no era tan nerviosa como Janet y conocía muy bien el estilo de juego de Pat.

Estaba tan silenciosa que Isabel se asombró.

—¿Qué te ocurre, Bobby? —le dijo—. Pareces muy

abatida. No te importará hasta ese punto que hayamos perdido el partido, ¿verdad?

—Sí que me importa —replicó Bobby—. No fue culpa de Belinda que escogieran a Janet en mi lugar. Belinda me ofreció la oportunidad... y yo no quise aceptarla. No culpes a Belinda, sino a mí. Ya oíste lo que me dijo Belinda en las pistas el otro día... pues yo estaba dolida y furiosa por ello y no quise hacerle caso ni entrenarme a fondo para mejorar mi tenis.

—Que lástima, Bobby —dijo Isabel—. ¡Hubieras podido ser la jugadora de reserva... y no quisiste!

—Sí... Belinda me mandó llamar anoche —explicó la pobre Bobby—. Perdí mi oportunidad... y se perdió el partido. Yo no digo que hubiera podido jugarlo mejor con Pat que Janet... pero no puedo librarme del horrible presentimiento de que sí hubiera podido... y de pensar en lo contento que estaría todo el mundo si hubiésemos ganado los tres partidos. Yo creí que nada me importaba como no fuese pasarlo bien y hacer lo que quisiera, pero he descubierto que sí me importa.

Y se marchó sola, sintiéndose muy desdichada. ¡Pobre Bobby! En realidad no era tan despreocupada como pretendía ser.

CAPÍTULO XIV

BOBBY Y LA GALLETA CHILLONA

El curso iba transcurriendo, pasó media estación y se hallaron en pleno verano. El tiempo era maravilloso y las niñas disfrutaban de todo... excepto de tener que trabajar y estudiar de firme con la señorita Roberts y *Mam'zelle*.

—Bobby, ¿no se te ocurre nada para evitar que *Mam'zelle* nos haga recitar verbos en francés esta mañana? —le dijo Pat con un gemido—. Los he estudiado... pero se me han ido todos de la memoria con este tiempo tan hermoso. Piensa sólo alguna pequeña artimaña para apartar la atención de *Mam'zelle* de los verbos siquiera cinco minutos.

—¡No has hecho ninguna travesura en toda una semana por lo menos! —exclamó Isabel.

—Bobby se ha vuelto seria —rió Janet.

Bobby sonrió. Desde luego que había cambiado en algunos aspectos, porque de repente comenzó a entrenarse de firme para mejorar su tenis y la natación. Había conseguido atravesar la piscina en toda su longitud nadando por debajo del agua, y todas la aplaudieron. Incluso estuvo intentando aprender a lanzarse desde el trampolín, cosa que por lo general solía evitar, porque a menudo caía al agua sobre su estómago y se hacía daño.

Pero aunque hacía un gran esfuerzo por mejorar en los deportes, ella continuaba estudiando lo menos posible en las clases. Algunas veces, la señorita Roberts, al mirar a Bobby, se ponía seria. Se daba cuenta de que la niña no hacía uso de su buena inteligencia... pero como ni los comentarios sarcásticos ni los castigos eran capaces de conmover a Bobby la Despreocupada, la profesora casi la había dejado por imposible.

Las niñas que rodeaban a Bobby comenzaron a suplicarle que gastara alguna broma a *Mam'zelle* para que aquella mañana la clase de francés resultase algo más fácil y soportable.

—Esta mañana *Mam'zelle* está de un humor de mil diablos —dijo Doris—. Las de segundo curso dicen que casi arroja la tiza de la pizarra a Tessie porque estornudó siete veces seguidas.

Las mellizas sonrieron. Eran famosos los estornudos de Tessie. Era un don especial... tenía la habilidad de estornudar del modo más real siempre que lo deseaba, y utilizaba este don para aliviar el aburrimiento del segundo curso. Todas las profesoras sospechaban que los estornudos de Tessie eran innecesarios, pero sólo la señorita Jenks sabía cómo tratarlos.

—¡Tessie! ¡Se te avecina otro resfriado! —le decía—. Ve en seguida a ver al Ama y dile que te dé una dosis de la Botella Número Tres, haz el favor.

La Botella Número Tres contenía una medicina de muy mal sabor, y Tessie nunca llegó a saber si era un mejunje especialmente preparado para ella, o realmente una medicina preventiva contra los resfriados. De manera que muy rara vez hacía uso de sus estornudos en presencia de la señorita Jenks... pero dedicaba a *Mam'zelle* todos los que podía.

Aquella precisa mañana había estornudado explosivamente siete veces seguidas, haciendo que *Mam'zelle* se pusiera fuera de sí, y convirtiendo la clase en un coro de risas. *Mam'zelle* se puso muy furiosa... y todas las demás clases que la esperaban aquella mañana sabían que no iban a pasarlo bien.

—Si no se te ocurre ninguna jugarreta, *Mam'zelle* nos apretará a fondo durante toda la lección —se quejó Doris—. Por el amor de Dios, Bobby, piensa algo.

—No puedo —repuso Bobby reflexionando intensamente—. Por lo menos no se me ocurre nada que *Mam'zelle* no adivinase hoy que se trataba de un truco. ¡Oh... aunque aguardad un momento!

Las niñas contemplaron a Bobby con gran expectación y ella se volvió a Janet.

—¿Dónde está esa galleta chillona que te envió tu hermano? —le preguntó.

Janet tenía un hermano tan travieso como Bobby y Janet en lo que a trucos se refiere, y había enviado a Janet una selección de artículos de broma aquella semana, entre los que había una galleta de aspecto muy real que al apretarla entre los dedos índice y pulgar producía un ruido muy parecido al maullido de un gato. Las niñas no lo consideraron un truco demasiado bueno.

—Es bastante infantil —replicó Janet—. Esta vez no me ha enviado nada bueno.

Pero a Bobby se le había ocurrido un medio de utilizar la galleta. Janet rebuscó en su pupitre y al fin se la entregó.

—Aquí tienes —le dijo—. ¿Qué vas a hacer con ella?

Bobby presionó despacio la galleta, que lanzó un maullido patético.

—¿Verdad que parece un gatito? —dijo con una sonrisa—. Ahora escuchadme todas. El colegio, como sabéis, tiene gatitos. Pues bien, cuando *Mam'zelle* entre en nuestra clase nos encontrará hablando de un gatito perdido, y nos sentiremos muy preocupadas por su desaparición, y luego en mitad de la clase, yo apretaré la galleta... y *Mam'zelle* creerá que el gatito perdido está en nuestra aula.

Hilaria rió por lo bajo.

—Es una buena idea —exclamó—. Y yo sé cómo mejorarla. Yo estaré en el pasillo a gatas buscando al gatito perdido, cuando llegue *Mam'zelle*. Y puedo decirle lo que busco.

—Ooooh sí —dijo Pat, emocionada. Hilaria era muy buena actriz—. ¡Cielos, por fin vamos a divertirnos un poco!

—Bueno, lo que ocurra en clase después de que yo haya apretado la galleta dependerá de vosotras —dijo Bobby—. Mirad... ahí viene Prudencia. No le digáis una palabra. ¡Ya sabéis lo soplona que es!

El primer curso deseaba que llegase la clase de francés, y se guiñaban el ojo unas a otras siempre que lo recordaban. La señorita Roberts sorprendió alguno de estos guiños e interrogó a las interesadas.

—¿De qué broma se trata, Hilaria? —le preguntó en tono frío.

—De ninguna, señorita Roberts —repuso Hilaria abriendo mucho los ojos.

—Bueno, será mejor que no la haya —dijo la señorita Roberts—. Continúa con tu mapa de geografía, sigue, por favor.

Mam'zelle daba su lección de francés después del recreo, y las niñas acudieron rápidamente al aula cuando terminó, riendo, gozosas. Prudencia no podía adivinar por qué. Pam tampoco estaba en el secreto, pero ella no reparó en las risas de sus compañeras. Aquellos días Pam estaba muy absorta en sus propios pensamientos.

Hilaria se quedó fuera y las mellizas asomaron la cabeza por la puerta y casi se parten de risa al ver a Hilaria a gatas mirando debajo de un gran armario que había en el corredor y llamando: ¡Minino, minino, minino!

—¡Chisss! ¡Ahí llega *Mam'zelle*! —exclamó Pat de pronto para avisar a la clase, y salió corriendo hacia su sitio, dejando a Isabel que abriera la puerta a *Mam'zelle*. Hilaria seguía fuera, por supuesto.

Mam'zelle llegó caminando sobre sus enormes pies. Todas conocían la proximidad de *Mam'zelle* porque usaba zapatos sin tacón como los hombres, y sus pisadas resonaban por los pasillos.

Mam'zelle se sorprendió mucho al ver a Hilaria gateando ante la puerta de la clase, y se detuvo para observarla.

—¡Hilaria, *ma petite*! *¿Que faites-vous?* —exclamó—. ¿Qué estás haciendo aquí? ¿Has perdido algo?

—¡Minino, minino, minino! —gritó Hilaria—. *Mam'zelle*, ¿por casualidad no ha visto usted uno de los gatitos del colegio? Estoy buscando y buscando porque el pobrecito se ha perdido.

Mam'zelle miró a un lado y a otro del pasillo.

—No, no he visto a ningún gatito —replicó—. Hilaria, ahora debes entrar en clase. Es un rasgo de bondad por tu parte buscarlo, pero ahora no vas a encontrarlo.

—Oh, *Mam'zelle*, déjeme buscarlo un poquito más —suplicó Hilaria—. Puede que esté en este armario. Me parece haber oído un ruido.

Y abrió el armario. Las niñas de la clase, al oír rumor de conversación, se preguntaban qué tal le iría a Hilaria. Isabel se asomó a ver.

—¿Has encontrado al pobre gatito, Hilaria? —le preguntó—. ¡Oh, *Mam'zelle*!, ¿no es una pena? Estará tan asustado.

Mam'zelle entró en el aula y dejó sus libros sobre la mesa.

—El gatito aparecerá en cualquier parte —dijo—. Id a vuestros sitios. Hilaria, por última vez, ¿quieres dejar de buscar a ese gatito y entrar en clase?

—Oh, *Mam'zelle* —dijo Bobby mientras Hilaria entraba cerrando la puerta—. ¿Usted cree que se habrá subido por la chimenea o algo por el estilo? ¡Una vez en casa un gato se subió por nuestra chimenea y llegó hasta el tejado!

—Y nosotros tuvimos uno una vez, *Mam'zelle*... —comenzó Doris deseando prolongar la conversación para perder unos minutos más de clase, pero *Mam'zelle* no estaba dispuesta a oír más cuentos de gatos, y dando unos golpecitos encima de su mesa interrumpió a Doris.

—¡*Assez*! —dijo *Mam'zelle* comenzando a fruncir el

ceño—. Ya es suficiente, Hilaria. ¿Quieres sentarte? ¿No creerás que el gatito está por aquí?

—Pues podría estar, *Mam'zelle* —repuso Hilaria mirando a su alrededor—. ¿Sabe usted? Mi hermano tuvo una vez un gato que...

—Un cuento más de gatos y toda la clase me escribirá dos páginas de francés sobre las costumbres de los mininos —les amenazó *Mam'zelle*, y ante esta amenaza todas guardaron silencio. *Mam'zelle* solía cumplir sus terribles amenazas.

—Sacad vuestros libros de gramática —les ordenó *Mam'zelle*—. Abridlos por la página ochenta y siete. Hoy dedicaremos todo el tiempo a los verbos irregulares. Doris, empieza tú.

Doris lanzó un gemido y se puso en pie para recitar los verbos que había estudiado. ¡Pobre Doris! No importaba el tiempo que hubiera dedicado a la preparación de su lección de francés, invariablemente lo olvidaba por completo cuando miraba el rostro expectante de *Mam'zelle*. Comenzó con voz vacilante.

—Doris, tampoco hoy has estudiado la lección como es debido —le dijo *Mam'zelle*, irritada—. La estudias otra vez. Pat, ponte en pie. Espero que tú la sepas mejor que Doris. Por lo menos tú sabes pronunciar la r como los franceses. ¡R-r-r-r-r!

Toda la clase rió por lo bajo. Cuando *Mam'zelle* pronunciaba la r francesa producía exactamente el mismo ruido que un perro al gruñir. *Mam'zelle* golpeó su mesa.

—¡Silencio! Empieza, Pat.

Pero antes de que Pat pudiera empezar, Bobby presionó la falsa galleta con todo cuidado entre su índice y su pulgar. Un maullido lastimero se oyó en toda el aula, y todo el mundo alzó la cabeza.

Incluso *Mam'zelle* se puso a escuchar. El maullido había sido exactamente el de un gatito en apuros. Bobby aguardó a que Pat hubiera vuelto a comenzar los verbos, y entonces presionó de nuevo la galleta.

—¡Miiiiiieeeee! —gimió la galleta exactamente igual que un gato. Pat se detuvo otra vez mirando enderredor suyo. *Mam'zelle* estaba intrigada.

—¿Dónde está esa infeliz criatura? —dijo Katy—. Oh, *Mam'zelle*, ¿dónde puede estar?

—*Mam'zelle*, estoy casi segura de que debe de estar en la chimenea —exclamó Hilaria poniéndose en pie como si se dispusiera a comprobarlo.

—«Asseyez-vous», Hilaria! saltó *Mam'zelle*—. Ya has buscado bastante a ese animalito. Continúa, Pat.

Pat comenzó nuevamente y Bobby la dejó continuar hasta que se equivocó... y entonces, antes de que «Mame zelle» pudiese captar su error, Bobby volvió a apretar la galleta.

Un fuerte maullido interrumpió la retahíla de verbos, y se elevó una babel de voces.

—*Mam'zelle*, el gato debe de estar en esta habitación.

—*Mam'zelle*, déjenos buscarlo.

—*Mam'zelle*, quizás esté herido.

Bobby hizo gemir de nuevo la galleta, y *Mam'zelle* golpeó su mesa, desesperada.

—Sentáos todas, por favor. Yo veré si el gato está en la chimenea.

Y abandonando su mesa se dirigió a la chimenea. Se inclinó para mirar hacia arriba. Bobby apretó la galleta

Una lluvia negra cayó hacia abajo y *Mam'zelle* retrocedió cubierta de hollín.

haciéndola sonar muy débilmente y *Mam'zelle* creyó que venía del tubo de la chimenea. Cogió una regla y estuvo hurgando con ella.

Una lluvia negra cayó hacia abajo y *Mam'zelle* retrocedió con la mano cubierta de hollín. Toda la clase comenzó a reír.

—*Mam'zelle*, puede que el gato esté en el armario —sugirió Janet—. Déjeme ir a ver. Estoy segura de que está allí.

Mam'zelle se alegró de alejarse de la chimenea y contempló con desaliento su mano manchada.

—Hilaria, abre el armario —le dijo al fin. E Hilaria se dirigió a él con presteza. Naturalmente allí no había animal alguno, pero Hilaria revolvió con violencia todos los estantes, enviando los libros y material de trabajo al suelo.

—¡Hilaria! ¿Es necesario todo eso? —exclamó *Mam'zelle*, volviendo a perder los estribos—. Empiezo a desconfiar de ese gato. Pero os advierto que si se trata de un truco, todas recibiréis un castigo ejemplar. Ahora voy a ir a lavarme las manos. Mientras estoy fuera estudiad los verbos de la página ochenta y ocho. No habléis. Sois muy malas.

Mam'zelle salió de la clase con la mano extendida. Al cerrarse la puerta estalló una salva de carcajadas. Bobby apretó la galleta con todas sus fuerzas, y Prudencia la contempló con sorpresa. Como nadie la había puesto en antecedentes, se había creído realmente el cuento del gatito perdido. Entonces miró a Bobby con rostro sombrío. De manera que había vuelto a hacer uso de uno de sus trucos y había quedado nuevamente impune. ¡Cómo deseaba Prudencia poder descubrirla ante *Mam'zelle*!

—Bueno, ¿no ha sido estupendo? —dijo Bobby guardando la galleta en su bolsillo—. Ha transcurrido media clase y apenas nadie ha tenido que recitar los verbos. ¡Bendita galleta! ¡Puedes decirle a tu hermano que ha sido todo un éxito, Janet!

Mam'zelle regresó con su mal humor acostumbrado. Mientras se lavaba las manos se convenció de que lo del gatito debía de ser algún truco, pero no lograba adivinar de qué se trataba. Se lavó las manos con gesto ceñudo y volvió al aula del primer curso dispuesta a recobrar su dominio como fuese.

A continuación escogió a Prudencia para recitar los verbos. Prudencia se puso en pie. Su francés era muy deficiente, y vacilaba continuamente tratando en vano de pronunciarlos bien.

—¡Prrrrudencia! ¡Eres más estúpida que Dorrrris! —exclamó *Mam'zelle* arrastrando las erres del modo más fiero—. ¡Ah, esta primera clase! ¡No habéis aprendido nada en todo lo que va de curso! ¡NADA, os digo! ¡Ahhhhhh! Mañana tendremos examen para ver lo que habéis aprendido. Prudencia, no me mires como un cordero moribundo. Tú y Doris sois unas niñas muy malas. Si mañana no consigo más que notas medianas iré a quejarme a la señorita Theobald. ¡Ah, este primer curso!

Horrorizadas, las niñas guardaron silencio. ¡Examen de francés! Lo que más odiaban en el mundo era un examen de francés. Las niñas estaban seguras de que *Mam'zelle* escogería unas preguntas que ninguna podría contestar.

Prudencia se sentó, furiosa con *Mam'zelle*. Sabía que iba a quedar muy mal en el examen. En el escrito copiaba casi todo del de Pam... pero en un examen oral tendría que confiar en sus propios conocimientos... a menos que Pam pudiera ayudarla.

La niña estaba preocupada. De no haber sido por el truco de Bobby, *Mam'zelle* no hubiera perdido los estribos ni se le hubiera ocurrido la horrible idea del examen. ¡Cómo deseaba Prudencia encontrar algún medio de escapar de él! ¡Si pudiera hacerlo... o mejor aún, si lograse averiguar lo que iba a preguntarles, entonces podría estudiar las respuestas!

CAPÍTULO XV

PRUDENCIA ES UNA TRAMPOSA

Cuanto más pensaba Prudencia en el examen de francés, más se enfadaba con Bobby.

«¡Supongo que debe de creer que sus bromas son muy graciosas! —pensó Prudencia para sí—. Y ahora mirad a dónde nos han conducido... a un horrible examen de francés en el que estoy segura de fracasar. ¡Entonces me ganaré una buena reprimenda y tal vez me envíen a ver a la señorita Theobald!»

Fue al encuentro de Pam para hablarle del asunto. Estaba segura de hallarla en la biblioteca buscando algún libro para leer. Por el camino tuvo que pasar por delante de la sala común de las profesoras, que tenía la puerta abierta. Prudencia se asomó.

Mam'zelle estaba allí sola escribiendo al parecer una lista de preguntas. Prudencia estaba segura de que eran las preguntas del examen. ¡Cómo deseó poder verlas!

Permaneció en la puerta indecisa, tratando de inventar alguna excusa para entrar. *Mam'zelle*, al ver su sombra, alzó la cabeza.

—¡Ah, Prudencia! —le dijo en tono fiero—. ¡Ah! Mañana tendréis examen de francés. ¡Ya os enseñaré yo a las de primer curso lo que significa realmente estudiar muy en serio!

Prudencia tomó una rápida decisión. Entraría en la sala común para contarle a *Mam'zelle* lo del truco... y tal vez pudiera echar un vistazo a las preguntas que la profesora tenía encima de su escritorio. De manera que entró como si fuera la propia imagen de la inocencia y de la bondad.

—¡*Mam'zelle*! Lamento muchísimo que jugásemos tanto en su clase —comenzó—. Todo fue una broma tonta... ya sabe... la galleta chillona.

Mam'zelle miró a Prudencia como si se hubiera vuelto loca de repente.

—¿La galleta chillona? —dijo *Mam'zelle* con el mayor asombro—. ¿De qué tontería me estás hablando?

—*Mam'zelle*, no es ninguna tontería —replicó Prudencia—. Verá usted, Bobby tenía una galleta con truco que chillaba como un gato cuando se apretaba...

Mientras hablaba, Prudencia hacía lo posible por mirar las preguntas de francés. Al parecer *Mam'zelle* había terminado de anotarlas. Eran doce preguntas, y Prudencia consiguió leer la primera.

Mientras *Mam'zelle* escuchaba lo que Prudencia tenía que decirle comprendió dos cosas al punto... la verdadera explicación del gatito perdido... y que Prudencia era lo que las niñas españolas llaman una soplona. *Mam'zelle* llevaba en Inglaterra el tiempo suficiente para haber aprendido a mirar a las soplonas con desprecio y disgusto, aunque al principio de estar allí escuchase a las acusicas sin darle mayor importancia. Pero tantos años de convivencia con las profesoras inglesas le había hecho llegar a la conclusión de que tenían razón respecto a las soplonas y que no debían ser alentadas bajo ningún pretexto.

De manera que el rostro de *Mam'zelle* cambió repentinamente y su expresión se fue haciendo dura y fría a medida que Prudencia continuaba hablando.

—Y Bobby pensó que sería una buena idea si hacía perder un rato de clase fingiendo que se había perdido un gatito... —continuó, y entonces se detuvo al ver la expresión de *Mam'zelle*.

—Prudencia, eres una niña muy desagradable —le dijo la profesora—. Sí... muy, muy desagradable. No me gustas. Puede que te sorprenda, pero prefiero que me gasten una broma tonta que escuchar a quien viene a acusar a sus compañeras. Vete inmediatamente. La verdad es que no me gustas nada.

Prudencia sintió que su rostro ardía. Estaba furiosa y dolida... y después de todo no había conseguido leer más que una pregunta. *Mam'zelle* cogió el papel y lo guardó en el cajón de su mesa sin hacer más caso a Prudencia. La niña salió de allí a punto de estallar en lágrimas de rabia por su fracaso.

«Bueno, por lo menos sé dónde están las preguntas —pensó, rabiosa—. Esta noche me levantaré de la cama e iré a mirarlas. Nadie lo sabrá, ¡y entonces tendré ocasión de ser la primera, y sorprenderé a todo el mundo! ¡Me gustará ver sus caras cuando consiga la puntuación más alta!»

Cuanto más lo pensaba, más decidida estaba a hacerlo.

—¡Conseguiré esas preguntas como sea! —decidió—. ¡No me importa lo que ocurra... lo haré!

Se preguntaba si *Mam'zelle* castigaría a Bobby por la broma que le había gastado, pero ante su sorpresa aquel día no se habló una palabra de ello, aunque *Mam'zelle* estuvo corrigiendo los ejercicios y Bobby tuvo que ir a su mesa para que le explicase algo.

«Me pregunto por qué no envía a Bobby a ver a la señorita Theobald», pensó Prudencia con rencor.

El sentido del humor de *Mam'zelle* había acudido en su ayuda después de que Prudencia saliera de la sala común aquella mañana. Al principio se sintió furiosa contra Bobby... y luego, al recordar cómo había estado hurgando en la chimenea para buscar a un gatito que no estaba allí, se puso a reír. *Mam'zelle* tenía esa cualidad... su sentido del humor, y cuando consideraba que una cosa tenía gracia, reía de buena gana olvidando todo su enojo. Así que su enfado contra las alumnas de primer curso se fue apaciguando... aunque estaba decidida a examinarlas de todas maneras.

Sin embargo no pudo resistir la tentación de dar a Bobby un pequeño susto. Cuando la niña se acercó a su mesa mientras ella corregía los ejercicios, hizo un comentario que hizo que Bobby se sintiera muy incómoda.

—¿Te gustan las galletas, Bobby? —le preguntó mientras sus ojos castaños la miraban a través de sus gafas.

—Pues... er... sí, *Mam'zelle* —repuso Bobby preguntándose qué seguiría a continuación.

—Eso pensaba —replicó *Mam'zelle* volviendo a ocuparse del ejercicio de francés de Bobby. Bobby no le preguntó qué había querido decir, pero estaba segura de que la profesora había descubierto su truco, ¿Quién se lo habría dicho? ¡Prudencia, naturalmente! ¡Aquella soplona repugnante! Bobby esperaba que *Mam'zelle* dijera algo más, pero con gran alivio vio que continuaba hablando de los errores de su ejercicio de francés.

—Ahora puedes volver a tu sitio —le dijo *Mam'zelle* dirigiéndole una mirada penetrante—. Tal vez te interese saber que a mí no me gustan las galletas tanto como a ti, *ma chère* Bobby!

—No, *Mam'zelle*... er, quiero decir, sí, *Mam'zelle* —repuso la pobre Bobby saliendo veloz hacia su sitio

«Si *Mam'zelle* sabe lo que he hecho y no piensa castigarme, es que es muy decente —pensó la niña—. ¡Ahora estudiaré en serio en su clase ya que es tan benevolente!»

Aquella noche, cuando todas las niñas dormían en el dormitorio, Prudencia se sentó en la cama para escuchar la firme respiración de sus compañeras, y al fin saltó de la cama. Hacía calor y no se puso la bata ni las zapatillas. Salió de la habitación con los pies descalzos y bajando la escalera se dirigió a la sala de las profesoras, que estaba sumida en la más completa oscuridad. Prudencia había llevado consigo una linterna y la encendió para ver dónde estaba la mesa de *Mam'zelle*. Bien... allí estaba delante de ella.

«Ahora podré leer todas las preguntas del examen y mirar las respuestas —pensó Prudencia, gozosa—. Es una suerte que nadie se haya despertado cuando salí del dormitorio.»

¡Pero resultó que alguien la había visto salir de la habitación!

Ese alguien era Carlota, que tenía un sueño muy ligero y se despertaba al menor ruido. Había oído el click de la puerta al abrirse, y se incorporó en seguida. Apenas vio una figura deslizarse fuera de la habitación y se preguntó quién sería. Tal vez fuese alguien del dormitorio contiguo, y decidió ir a verlo. Algunas veces una niña de otro dormitorio iba al de al lado sólo para gastar alguna broma.

Carlota saltó de la cama y fue al dormitorio donde dormían Bobby, Pam, Doris y otras. Asomó la cabeza. Todo estaba tranquilo... pero una niña estaba despierta. Era Bobby, que vio cómo se abría la puerta y una figura se recortó en el umbral debido a la luz del pasillo.

—¿Quién está ahí? —susurró Bobby.

—Soy yo —contestó Carlota—. He visto a alguien que salía de nuestro dormitorio y pensé que tal vez fuese una de vosotras que quería gastarnos una broma.

—Pues estamos todas aquí —replicó Bobby mirando la hilera de camas—. ¿Estás segura de que no era nadie de vuestro dormitorio?

—No lo he pensado —susurró Carlota—. Iré a ver.

Al descubrir la cama de Prudencia vacía fue de nuevo a hablar con Bobby.

—Prudencia no está —le dijo en un susurro—. ¿A dónde crees que habrá ido? Apuesto a que algo se trae entre manos, ¿no te parece?

—Bueno, vamos a verlo —dijo Bobby levantándose silenciosamente de su cama, y salieron juntas al pasillo y bajaron la escalera. Una vez llegaron a la planta baja se detuvieron para escuchar, y se preguntaron dónde estaría Prudencia.

...y allí vio a Prudencia leyendo atentamente las preguntas del examen de francés.

—Hay algo de luz en la sala común de las profesoras susurró Carlota—. Tal vez esté allí. ¿Qué puede estar haciendo?

—No me gusta mucho espiar así —dijo Bobby algo incómoda. Pero Carlota no tenía escrúpulos de esa clase, y avanzó sobre sus pies desnudos hasta la puerta de la sala, que estaba entreabierta. Miró al interior... y allí vio a Prudencia leyendo atentamente la lista de las preguntas del examen de francés, con una gramática francesa al lado. Iba mirando las respuestas una por una.

Las dos niñas comprendieron en seguida lo que estaba haciendo. Bobby tenía unas ideas muy estrictas respecto al honor y se quedó horrorizada y sorprendida. Carlota no se sorprendió porque había visto muchas cosas raras en su vida... además conocía muy bien a Prudencia y no le extrañó nada encontrarla copiando de aquel modo tan vergonzoso.

Bobby penetró en la estancia en seguida, y Prudencia se llevó tal susto que se le cayó la gramática al suelo. Miró a Bobby y a Carlota con horror.

—¿Qué estás haciendo? —le preguntó Bobby, y tan furiosa estaba que se olvidó de hablar en voz baja—. ¿Copiando?

—No, no estoy copiando —replicó Prudencia inventando en seguida—. He bajado sólo a mirar una cosa en la gramática francesa para el examen de mañana. ¡Nada más! ¿Qué os creeis?

Carlota corrió hacia la mesa y cogió la lista de preguntas.

—Mira, Bobby —exclamó—. ¡Estaba haciendo trampa! ¡Aquí están las preguntas del examen!

Bobby miró a Prudencia con el mayor desprecio.

—¡Qué hipócrita eres, Prudencia! —le dijo—. Vas por ahí dándotelas de buena, religiosa y decente... y sin embargo acusas y haces trampa siempre que se te presenta la ocasión. Tú despreciabas a Carlota porque había pertenecido a un circo... pero voy a decirte una cosa: nosotras te despreciamos a ti porque eres todas las cosas que la gente desprecia más en un colegio, o en la vida... eres astuta, falsa, hipócrita... ¡y una perfecta tramposa!

Aquellas palabras eran terribles de oír, y Prudencia estalló en sollozos inclinando la cabeza sobre la mesa. Un montón de libros se cayó al suelo, con estrépito, pero ninguna se fijó en el ruido que hacían, porque las tres estaban absortas en lo que estaba ocurriendo.

El dormitorio de la señorita Theobald estaba precisamente debajo de la sala de las profesoras, y al oír el ruido se preguntó a qué sería debido. También le pareció oír voces. Encendió la luz para mirar su reloj. ¡Eran las dos y media! ¿Quién podía andar por ahí a aquellas horas de la noche?

La señorita Theobald se puso la bata, se ató firmemente el cinturón, se puso las zapatillas, y salió de su dormitorio. Subió la escalera hasta el pasillo que conducía a la sala de las profesoras, llegó ante la puerta con el tiempo justo para escuchar el final del discurso de Bobby y se detuvo asombrada. ¿Qué era lo que estaba ocurriendo?

CAPITULO XVI

LA SEÑORITA THEOBALD FRENTE A TRES NIÑAS

—Niñas —dijo la señorita Theobald con su voz clara y profunda—. ¡Niñas! ¿Qué estáis haciendo aquí?

Se hizo un terrible silencio mientras las tres niñas contemplaban a la directora de pie ante la puerta. Un frío intenso heló el corazón de Prudencia, y Bobby se llevó el mayor susto de su vida. Sólo Carlota permaneció inmutable.

¿Bueno? —prosiguió la señorita Theobald penetrando en la sala para cerrar la puerta—. Yo creo que esta escena necesita una expicación. Roberta. Quieres explicarte?

—Sí —replicó Bobby—. Sin duda habrá usted adivinado lo que estaba haciendo Prudencia cuando Carlota y yo la sorprendimos, señorita Theobald.

—Está copiando —dijo Carlota con su vocecilla de acento extranjero—. Está mirando las preguntas del examen de francés y buscando las respuestas, para ser la primera mañana, señorita Theobald. Pero eso no tiene nada de sorprendente. Prudencia es así.

Prudencia volvió a llorar ruidosamente.

—No es cierto, no es cierto —sollozaba—. Carlota lo dice porque yo descubrí que no era más que una niña que había pertenecido al circo. ¡La odio! Y también odio o Bobby... Pero Carlota es la peor de todas, siempre exhibiéndose y alardeando de la vida del circo.

Carlota se echó a reír.

—Celebro que me odies, Prudencia —le dijo—. ¡No me importa nada no gustar a las personas como tú! Eres mucho peor que cualquiera que haya conocido en los campamentos circenses. ¡Mucho peor!

—Cállate, Carlota —le ordenó la señorita Theobald. Estaba muy preocupada. Aquello era muy desagradable—. Volved a la cama. Mañana por la mañana me ocuparé de esto. ¿Prudencia está en el mismo dormitorio que vosotras dos?

—No, está en el mío, pero no en el de Bobby —repuso Carlota.

—Bueno... volved a acostaros —dijo la señorita Theobald—. Y si esta noche vuelvo a oír otro ruido, mañana me ocuparé de este asunto aún con mayor rigor.

Estuvo observando cómo las tres niñas volvían a sus dormitorios, y luego se fue al suyo preguntándose cuál sería la mejor manera de resolver aquel problema. ¿Habría hecho bien al permitir que Carlota, la niña circense, fuese al Santa Clara? ¡Debería haber adivinado que no podría guardarse el secreto! Y ahora tenía que habérselas con Prudencia Arnold... A la señorita Theobald no le era más simpática Prudencia que a las demás. Y Roberta... ¿qué decirle? ¡Todo el mundo le daba malos informes de su comportamiento!

Las tres niñas regresaron a sus habitaciones. Carlota

se quedó dormida casi en seguida. Rara vez se preocupaba por nada, y no consideraba que la cosa tuviera mayor importancia. Bobby permaneció despierta y pensando, durante largo rato. Prudencia le disgustaba y la despreciaba... pero no querría que se viese en un apuro serio por su causa.

Prudencia era la más preocupada de las tres. Era algo muy grave que la hubieran sorprendido copiando. Siempre fue considerada un modelo... supo dar la impresión de sinceridad, rectitud... condenando las bromas o trucos tontos o hipócritas. Ahora todo el mundo sabría que no era lo que aparentaba, y eso por culpa de aquellas odiosas entrometidas, Bobby y Carlota. Sentía un odio amargo hacia Carlota, que con tanta calma dijo a la señorita Theobald lo que estaba haciendo cuando la sorprendieron. Prudencia no se había dado cuenta de que prácticamente todas las niñas supieron ver a través de sus tontos fingimientos, y la consideraban una perfecta hipócrita y soplona.

Al día siguiente las tres niñas tuvieron que ir una por una a la habitación de la señorita Theobald. La primera fue Carlota, que volvió a explicar a la Directora con toda calma y sinceridad lo que Prudencia estaba haciendo cuando la sorprendieron, y además agregó algunos comentarios personales sobre Prudencia.

—Me mira con desprecio porque estuve en un circo —dijo Carlota—, pero en ningún circo tendrían a una persona como Prudencia más de una semana, señorita Theobald. Creo que es una niña peligrosa.

La señorita Theobald no dijo nada, pero en su fuero interno estaba de acuerdo con Carlota. Prudencia era peligrosa. No haría el menor bien al Santa Clara, y la señorita Theobald tenía sus dudas de que el Santa Clara lograse hacer algún bien a Prudencia. Se enorgullecía de que muy pocas niñas no sacaran provecho del Santa Clara... pero al parecer Prudencia iba a ser una de esas pocas. Era hija única de unos padres indulgentes, que creían de ella todo lo que aparentaba. ¡Pobre Prudencia! ¡Qué lástima que sus padres no hubieran sido más razonables, castigándola cuando se portaba mal, en vez de disgustarse y suplicarle que fuese mejor!

A continuación la señorita Theobald recibió a Bobby. Bobby no deseaba decir gran cosa de Prudencia, y le sorprendió descubrir que la Directora la miraba con frialdad y que ni siquiera la sonrió al verla entrar.

—Es algo muy desagradable descubrir a alguien en el momento de hacer trampa —dijo la señorita Theobald mirando fijamente a Bobby—. Supongo que te disgustará la idea de copiar más que ninguna otra cosa, Roberta.

—Sí, señorita Theobald —dijo Bobby, que era una niña sincera y leal, a pesar de todas sus travesuras—. Yo creo que copiar es algo horrible. Me odiaría si hubiese hecho como Prudencia.

Entonces la señorita Theobald dijo algo sorprendente:

—Roberta, me re ulta extraño que tú, que al parecer tienes una idea tan estricta respecto a eso, también hagas trampa.

Bobby miró a la señorita Theobald como si no pudiera dar crédito a sus oídos.

—¿Qué ha dicho usted, señorita Theobald? —preguntó al fin—. Creo que no he oído bien.

—Sí, Roberta —replicó la Directora—. He dicho que

era extraño que tú también hicieses trampa, cuando tienes unas ideas semejantes respecto a eso.

—Yo no hago trampas —dijo Bobby con las mejillas enrojecidas y los ojos brillantes por el furor y la sorpresa—. No he hecho trampa en mi vida.

—Yo no conozco toda tu vida —contestó la señorita Theobald—, pero sí conozco por lo menos estos dos últimos meses, Roberta. ¿Para qué te han enviado aquí tus padres? ¿Para pasarlo bien y nada más? ¿Por qué están pagando tan altas mensualidades? ¿Para dejarte jugar y hacer travesuras todo el tiempo? Tú haces trampa, Roberta... sí, y de mala manera. Les haces trampa a tus padres, que están dispuestos a pagar para que aprendas lo que nosotras podemos enseñarte aquí... y no estudias. Engañas al colegio, porque tienes inteligencia y podrías hacer quedar muy bien al Santa Clara... pero no lo intentas siquiera. Y por último te haces trampa a ti misma... privándote de todos los beneficios que el estudio bien hecho con tesón podría proporcionarte, y debilitas tu carácter en vez de fortalecerlo y mejorarlo, porque no aceptas el deber y la responsabilidad. Sólo quieres hacer lo que te apetece, trabajar lo menos posible, y hacerte popular siendo divertida e ideando bromas y trucos para distraer a tu curso. Yo creo que a tu manera, eres tan tramposa como Prudencia.

Bobby se había puesto muy pálida. En su vida le habían dicho nada parecido. Siempre había sido popular entre las alumnas y las profesoras... pero allí estaba la Directora señalándole verdades frías y terribles en las que Bobby no había pensado hasta entonces. Era espantoso.

La niña permaneció sentada sin pronunciar palabra.

—Será mejor que te marches ya, Roberta —le dijo la señorita Theobald—. Quiero que reflexiones sobre lo que te he dicho y que veas si tu sentido de la honradez es tan alto como crees... de ser así admitirás que tengo razón, y tal vez entonces me den mejores informes tuyos.

Bobby se puso en pie todavía muy pálida. Murmuró unas palabras y salió de la habitación como en un sueño. Se había llevado una buena sorpresa. Nunca se le había ocurrido pensar que se pudiera hacer trampa por otros medios que los ordinarios.

Prudencia fue la última en comparecer ante la señorita Theobald. Iba a ser la más difícil de manejar, y la señorita Theobald decidió que lo mejor sería hablarle sencillamente; Prudencia sabría cuál era su posición... y podría elegir por sí misma.

La niña entró bastante asustada, tratando de mirar a la señorita Theobald a los ojos, pero sin conseguirlo. La Directora le dijo que tomara asiento, y luego la contempló con la misma frialdad con que había mirado a Bobby.

—Por favor, señorita Theobald —comenzó Prudencia, que creía conveniente hablar la primera—. Por favor, no piense lo peor de mí.

—Pues sí pienso lo peor de ti —replicó la Directora al punto—. Lo peor de todo, y por desgracia sé que es cierto. Prudencia, yo conozco el carácter de todas las niñas del colegio. Es mi obligación conocerlo. Puede que desconozca tu tipo de inteligencia, y puede que no sepa exactamente el lugar que ocupas en tu clase, o cuáles son tus habilidades y capacidad sin preguntárselo a tu profesora... pero de todas maneras conozco vuestros caracteres... lo bueno y lo malo que hay en vosotras, las posibilidades de vuestra naturaleza, vuestras tendencias, vuestros defectos y vuestras virtudes. Eso lo conozco muy bien. Y por consiguiente lo veo todo con claridad, Prudencia, y sé cómo eres realmente.

Prudencia se deshizo en lágrimas. Le resultaba muy socorrido cuando la gente era poco amable con ella. Las lágrimas no causaron el menor efecto en la señorita Theobald, que miró a Prudencia con mayor frialdad que antes.

—Llora si quieres —le dijo—, pero te consideraría mejor si alzaras la cabeza para mirarme y me escucharas con más ánimo. No necesito decirte lo que eres, Prudencia. No necesito mostrarte la falsedad, doblez y rencor de tu propia naturaleza. Eres lo bastante lista para reconocerlo por ti misma... y cielos, lo bastante astuta para utilizarlos, y ocultarlos también. Prudencia, el Santa Clara no tiene nada que ofrecer a una niña como tú... a menos que tengas el coraje suficiente para hacerles frente y tratar de arrancar los desagradables fallos que están estropeando y debilitando tu carácter. No deseo que continúes en el Santa Clara a menos que puedas hacerlo. Piénsalo y sincérate contigo misma. Te concedo hasta final de curso para tomar una determinación. De otro modo, Prudencia, no quiero que continúes aquí.

En realidad aquella clase de trato era el único que Prudencia comprendía y miró horrorizada a la señorita Theobald, la Directora.

—Pe... per... pero... ¿qué dirían mis padres? —susurró.

—Eso depende de ti —dijo la Directora—. Y ahora vete, por favor. Esta mañana estoy muy ocupada, y ya he perdido demasiado tiempo contigo y las otras.

Prudencia salió de aquella habitación tan sorprendida y horrorizada como había salido la pobre Bobby pocos minutos antes. Tuvo que coger sus libros e ir a clase, pero prácticamente no oyó nada de lo que estaba diciendo la señorita Lewis, la profesora de historia. Bobby oyó también muy poco, ya que las dos niñas estaban absortas en sus propios pensamientos.

Aquella mañana, después de las clases, Bobby desapareció. Pat e Isabel la vieron correr en dirección a la pista de tenis.

—¿Verdad que está muy pálida? —dijo Pat—. Me pregunto si le ocurrirá algo.

—Vamos a verlo —replicó Isabel. De manera que fueron en busca de Bobby. No estaba en ninguna de las pistas... pero Pat distinguió la blusa blanca y la falda de color azul marino bajo un pequeño grupo de árboles junto a las pistas, y corrió hacia allí para ver si era Bobby.

—¿Qué te ocurre, Bobby? —exclamó, porque saltaba a la vista que Bobby estaba apurada. Su rostro, por lo general alegre, estaba pálido y ojeroso.

—Vete, por favor —le dijo Bobby con voz extraña—. Quiero pensar. He... he sido acusada de hacer trampas... y... tengo que pensarlo.

—¡Tú! ¡Tú, acusada de hacer trampas! —exclamó Pat, furiosa y ofendida—. ¡Qué absurdo! ¿Quién se ha atrevido a decírtelo? Dímel, e iré a decirle lo que pienso de ella.

—Ha sido la señorita Theobald —repuso Bobby alzando la cabeza para mirar a las mellizas.

—¡La señorita Theobald! —exclamaron las mellizas con el mayor asombro—. Pero, ¿por qué? ¡Qué horrible! Iremos a decirle que está equivocada.

—Pues... no se equivoca —dijo Bobby—. Comprendo que tiene razón. Dijo que hacía trampas porque dejaba que mis padres pagasen tanto dinero para que aprendiera lo que podrían enseñarme en el Santa Clara... y que pierdo el tiempo y no estudio... y que eso era hacer trampa, porque tengo inteligencia. Ella dijo que yo estaba engañando a mis padres... y al colegio... y a mí misma también. Fue... horrible, sencillamente.

Las mellizas miraban a Bobby sin saber qué decir, y la niña insistió para que se marcharan.

—Iros, por favor —repitió—. Quiero pensar. Tengo que hacerlo. Es... es algo muy importante. He hecho mucho el tonto... pero no soy tan estúpida como para no comprender que he llegado a una especie de... a una especie de encrucijada en mi vida. Tengo que escoger el camino a seguir, y tengo que escogerlo yo sola; así que dejadme sola un rato, ¿queréis?

—Claro, Bobby —repuso Pat, comprendiéndola. Ella e Isabel salieron corriendo admiradas de la habilidad de Bobby para ponerse frente a sí misma y tomar una determinación sobre lo que debía hacer.

Y no cabía la menor duda de lo que Bobby iba a hacer. Su gran sentido de la honradez y lealtad le hicieron comprender en seguida que la señorita Theobald estaba en lo cierto. Ella tenía el don de la inteligencia pero lo estaba malgastando. Aquello era lo mismo que hacer trampa. Ella tenía unos padres buenos que la llevaban a un buen colegio para que aprendiera con buenas profesoras. También a ellas les hacía trampa. Y tal vez lo peor de todo fuese que se estaba haciendo trampa a sí misma, haciendo que su carácter fuese cada día más débil y más pobre... y el mundo necesita caracteres firmes y buenos capaces de ayudar a los demás... y no gente pobre, débil y despreocupada a quienes hay que ayudar continuamente.

«Yo deseo ardientemente ser de esas personas que pueden guiar a los demás y ayudarles —pensó Bobby arrancando briznas de hierba mientras pensaba—. Quiero que los demás descansen en mí... no yo en ellos. Bueno... ya me he divertido. Ahora trabajaré. Demostraré a la señorita Roberts de lo que soy capaz cuando me lo propongo. Yo he demostrado a Belinda y a la señorita Wilton lo que puedo lograr en los deportes si lo intento. Iré ahora mismo a decírselo a la señorita Theobald. Ahora... no creo tenerle mucha simpatía... me ha mirado con unos ojos tan fríos... Pero será mejor que vaya a decírselo. Me quitaré este peso de encima y comenzaré de nuevo.»

La pobre Bobby estaba muy nerviosa al volver al colegio. La señorita Theobald le había proporcionado un verdadero sobresalto, y temía verla de nuevo, y se atemorizaba sólo de pensar en la fría mirada de los ojos de la Directora. Pero Bobby tenía coraje, y no tardó en llamar a la puerta de la señorita Theobald.

—Adelante —dijo una voz tranquila y Bobby entró, yendo directamente hacia la mesa de la Directora.

—Señorita Theobald —le dijo—. He venido a decirle que tiene usted razón. He estado haciendo trampas y no me daba cuenta. Pero... ya no pienso hacerlo más. Le ruego que me crea. Siento lo que digo, y puede confiar en mí... desde hoy me esforzaré todo lo que pueda.

Bobby habló con gran valentía y mirando de frente a la señorita Theobald. Su voz le tembló un poco, pero dijo su discurso hasta el final.

La Directora sonrió con su rara y dulce sonrisa, y sus ojos se volvieron cálidos para admirarla.

—Mi querida niña —le dijo en tono cálido—. Mi querida niña, sabía muy bien que ibas a tomar esta determinación, y de que pronto vendrías a decírmelo. Me siento orgullosa de ti... y voy a estarlo todavía más en el futuro. Eres lo bastante sincera por naturaleza para poder comprender y para juzgarte a ti misma con toda claridad... y eso es una gran cosa. Nunca pierdas esta sinceridad, Bobby, sé siempre sincera contigo misma, reconoce tus cualidades como sean... buenas o malas... toma tus decisiones con firmeza y ecuanimidad... y tendrás un carácter firme, que pueda servir de verdadera utilidad en un mundo tan confuso como el nuestro.

—Lo intentaré, señorita Theobald —replicó Bobby, feliz y contenta al ver la cálida amistad que demostraba el rostro de la Directora y dispuesta a estudiar doce horas si fuese necesario. ¿Cómo había podido pensar que no le era simpática la señorita Theobald? ¿Cómo pudo hacerlo?

«Es una de las personas mejores que he conocido en mi vida —pensó lo niña al salir de la habitación con paso ligero—. ¡No me extraña que sea directora de un gran colegio como el Santa Clara! Somos muy afortunadas al tenerla.»

La señorita Theobald también se sentía feliz. Bobby la había dejado completamente satisfecha. Era agradable pensar que había triunfado al tratar con un carácter tan obstinado como el de Bobby... ahora esperaba que la niña ejerciera una espléndida influencia entre sus compañeras, en vez de lo contrario.

«¡Si Prudencia tuviera la misma clase de coraje que Bobby! —pensó la Directora—. Pero me temo que Prudencia no tenga el valor necesario para enfrentarse consigo misma. ¡Ésta es su única oportunidad... pero no creo que la aproveche!»

CAPÍTULO XVII

SADIE RECIBE UNA CARTA

Mientras Bobby reflexionaba sobre sí misma tomando su gran decisión, Prudencia también estaba pensando sobre todo lo que le había dicho la señorita Theobald. En sus meditaciones se mezclaba el odio hacia Carlota, que al parecer era el motivo de sus conflictos. Prudencia no quería comprender que eran sus propios celos hacia la muchacha los que la llenaban de ideas de rencor y venganza. Nadie puede ver las cosas con claridad cuando los celos o la envidia cubren de niebla la mente.

Prudencia se daba cuenta de que debía quedar bien ante la señorita Theobald. No podía soportar que alguien la despreciase, pero no tenía el coraje de Bobby... y no se atrevía a enfrentarse de nuevo con la Directora. Además, en el fondo de su corazón temía que la señorita Theobald viera que su arrepentimiento no era verdadero... ¡sino sólo un pretexto para que la situación resultara menos violenta!

De manera que Prudencia escribió una nota que dejó sobre la mesa de la señorita Theobald cuando sabía que no estaba en su habitación. La Directora, al encontrarla, la abrió, suspirando al leerla. No creía ni una sola palabra de la carta.

«Querida señorita Theobald —había escrito Prudencia—. He pensado mucho lo que me dijo, y le aseguro que estoy arrepentida y avergonzada, y en el futuro haré todo lo posible por comenzar una nueva página y ejercer buena influencia sobre las demás.»

—¡La pequeña farsante! —pensó la señorita Theobald con tristeza—. Supongo que debe creerse de veras que va a comenzar una nuevo página. Bueno... veremos.

Aquella noche Pat e Isabel se alegraron al ver que Bobby estaba más animada. Les sonrió y sus ojos brillaban como antes.

—Ya estoy bien otra vez —les dijo—. Pero de ahora en adelante voy a jugar limpio... voy a hacer uso de mi inteligencia y estudiaré. ¡Se acabaron las galletas chillonas para mí!

Las mellizas y Janet se entristecieron.

—Oh —dijo Pat, desilusionada—. Bobby... no irás a decir que vas a volverte relamida y seria como esa terrible de Prudencia... y que no volverás a gastar bromas ni a emplear trucos!

—¡Atiza! —exclamó Janet—. Eso no podría soportarlo, Bobby. Por lo que más quieras, dinos que vas a ser la misma Bobby de siempre... la Despreocupada Bobby que tanto nos gusta.

Bobby se echó a reír deslizando cariñosamente su brazo por el de Janet.

—No te preocupes —le dijo—. Voy a jugar limpio de ahora en adelante y a estudiar en serio... pero no me volveré relamida y seria. No podría. Y seguiré con mis trucos, por supuesto... pero ya no quiero volver a ser Bobby la Despreocupada. ¡Ahora sí me preocupo!, ¿comprendes?

Bobby, naturalmente, cumplió la palabra dada a la señorita Theobald. Trabajó en serio y de firme en las clases, y se sorprendió al ver lo bien que respondía su cerebro cuando lo empleaba en algo... ¡y aún le sorprendió más descubrir lo divertido que era estudiar bien!

—Aunque nunca sería capaz de convertirme en esclava de mis lecciones como haces tú, Pam —dijo a la niña de trece años, encorvada sobre un libro—. Últimamente estás muy pálida. Estoy segura de que lees demasiado, exageradamente.

Pam estaba pálida... y no sólo pálida, sino triste. Ahora lamentaba profundamente haber intimado con Prudencia porque empezaba a desagradarle, pero no tenía la suficiente fuerza para decírselo. Por eso se refugiaba en sus lecciones y trabajaba el doble que las demás. Sonrió tristemente a Bobby, envidiándola. A Bobby no le importaba decir todo lo que se le ocurría, y eran tan fuerte como Pam débil. ¡Cómo deseaba haber hecho amistad con ella en vez de con Prudencia!

Prudencia se sentía bastante satisfecha de sí misma. La señorita Theobald no había hecho mención de la carta y la niña estaba segura de haber causado buena impresión en la Directora. Por alguna razón *Mam'zelle* no había realizado el examen de francés, de manera que todo la clase respiró aliviada... especialmente Prudencia, ya que estaba segura de que Carlota hubiera pregonado a todos que ella, Prudencia, había visto las preguntas de antemano.

—Las cosas ya van mejor —pensó Prudencia—. ¡Si por lo menos esa antipática de Carlota se ganara una buena reprimenda! ¡Se porta como si fuera una princesa y no una vulgar niña de circo! Quisiera saber si también visita a sus antiguos amigos. Ayer la vi salir muy temprano por la mañana antes de desayunar.

Era cierto que Carlota salía cada mañana... pero no para visitar a ninguno de sus amigos de circo. Había descubierto que en un prado cercano guardaban unos hermosos caballos de caza, y la niña iba a verlos regularmente. Si no había nadie, algunas veces los montaba a pelo. Estaba loca por los caballos y nunca perdía ocasión de acercarse a ellos si podía.

Eso no lo supo nadie. Prudencia se enteró de que Carlota se escapaba, pero no lo dijo a nadie porque había descubierto que a nadie le interesaban sus confidencias, y decidió conservar el secreto para sí.

Una tarde ella y Pam salieron juntas. Pam, muy poco satisfecha, pero sin atreverse a negarse. Prudencia había visto salir a Carlota... pero sin saber cómo perdió su rastro y las dos niñas se detuvieron en un pequeño prado mientras Prudencia se preguntaba a dónde habría ido Carlota.

Un hombre se acercaba montado en bicicleta. No era un sujeto de aspecto normal, puesto que era muy moreno y tenía los ojos muy juntos. Al llegar a donde estaban las niñas desmontó de la bicicleta para hablarles. Su voz lo delataba como extranjero, y tenía un ligero acento americano. Prudencia estaba completamente segura de que había ido a ver Carlota.

—Perdónenme, señoritas —dijo el hombre quitándose la gorra cortésmente. ¿Estoy cerca del colegio Santa Clara?

—Pues... a cosa de un kilómetro de distancia —repuso Prudencia—. ¿Por qué? ¿Quiere ver a alguien allí?

—Me gustaría —contestó el hombre—. De hecho, es muy importante. ¿Ustedes no podrían llevarme un recado?

A Prudencia comenzó a latirle el corazón muy de prisa. ¡En qué apuro podría meter ahora a Carlota! ¿Qué diría la señorita Theobald si supiera que Carlota se escapaba para ver a gente tan horrible como aquel sujeto?

—Pues claro que le llevaremos el recado —repuso.

El hombre sacó una carta de su bolsillo y se la entregó a Prudencia.

—No se lo digan a nadie —dijo—. Es muy importante. Esta noche estaré aquí a las once sin falta.

Alguien se acercaba por el camino en aquel momento y el hombre, montando en su bicicleta, se alejó saludando a las niñas con la mano. Pam se estremeció.

—¡Prudencia! ¡No me gusta ese hombre! Creo que no deberías haber hablado con él. Ya sabes que una de nuestras reglas nos prohíbe hablar con extraños. No querrás meter a Carlota en un lío, ¿verdad?

—¡Oh, cállate! —exclamó Prudencia impaciente guardándose la carta en el bolsillo sin mirarla—. ¿Acaso no voy a hacer algo por ella? ¿No voy a llevarle un mensaje de su amigo? ¡Qué amigos tan horribles tiene, por cierto!

Pam estaba preocupada, le dolía la cabeza y se sentía miserable. ¡Ojalá nunca, nunca se hubiese hecho amiga de Prudencia! Su pensamiento volvió una vez más a su trabajo... sólo conseguía olvidarlo todo si estudiaba. Aquella noche no había dormido bien y su trabajo le resultaba más difícil, cosa que le preocupaba mucho.

—Escúchame bien, Pam —le dijo Prudencia—. Tú y yo vamos a salir esta noche a las diez y media para venir aquí. Nos esconderemos detrás del seto y oiremos lo que hablan Carlota y su amigo del circo. Si está planeando nuevas escapadas, podremos delatarla.

—Yo no puedo hacer eso —dijo—. No puedo.

—Tienes que hacerlo —replicó Prudencia mirando fijamente a Pam con sus pálidos ojos azules. Pam se sentía demasiado cansada y débil para discutir y limitándose a asentir con la cabeza emprendió el camino de regreso. Las niñas volvieron en silencio, Prudencia pensando entusiasmada que ahora tenía a Carlota a su merced.

En cuanto llegaron al colegio, Hilaria llamó a Prudencia.

—¡Prudencia! Sabes muy bien que esta semana te toca a ti cepillar todas las pelotas de tenis y limpiarlas. No lo has hecho ni una sola vez, perezosa. Hazlo ahora o lo sentirás.

—Tengo que llevar un recado a una persona —replicó Prudencia—. No tardo ni un minuto.

—Deja que lo lleve otra —dijo Hilaria, contrariada—. Conozco tus métodos, Prudencia... harás «esto», y lo de «más allá»... pero las pequeñas cosas que tienes obligación de hacer no las haces.

—Yo llevaré la carta, Prudencia —dijo Pam, cansada y comprendiendo que no podría soportar la discusión ni un minuto más. Prudencia le entregó la carta con rostro sombrío. Pam fue en busca de Carlota, que estaba en la sala común con las demás. Pam se acercó a ella para entregarle la carta.

—Esto es para ti —le dijo, y Carlota cogió la carta abriéndola sin mirar el sobre. Leyó las dos primeras líneas con evidente asombro, y luego miró el sobre.

—Pero si no es para mí —dijo volviéndose para mirar a Pam, que se había ido—. Es para Sadie. Supongo que Pam no vio su nombre en el sobre. ¡Qué raro! ¿Dónde está Sadie, Alison?

—Peinándose —replicó Alison, y su respuesta fue acogida con un coro de carcajadas. Cuando Sadie desaparecía siempre estaba o Peinándose, o Haciéndose La Manicura, o Pintándose La Cara. Carlota sonrió y se dispuso a ir en su busca.

—Eh, Sadie —le dijo aquí hay una nota para ti. Siento haberla abierto por error, pero esa estúpida de Pam me la dio a mí en lugar de entregártela a ti. No la he leído.

—¿De quién es? ¿Y cómo la tenía Pam? —preguntó Sadie con curiosidad cogiendo la carta.

—No lo sé —repuso Carlota y se marchó.

Sadie abrió el sobre y sacó la carta. Al leerla su rostro cambió. Se sentó sobre la cama pensando intensamente. Luego volvió a leerla.

> «Querida señorita Sadie:
>
> ¿Recuerda a su antigua doncella, Ana? Pues estoy aquí y me gustaría verla. No quisiera ir al colegio. ¿No podría usted venir por el camino de la granja y verme unos minutos? Esta noche estaré allí a las once.
>
> Ana»

Sadie había querido mucho a Ana, que fue la doncella personal de su madre durante varios años. Estaba asombrada de que Ana estuviera en Inglaterra, cuando creía que estaba en América. ¿Para qué querría verla? ¿Habría ocurrido algo? Sadie dudaba sobre si debía contárselo o no a Alison... y al fin decidió no hacerlo. Alison era una niña simpática y bonita, pero tenía la cabeza llena de pájaros. ¡Podría contárselo a cualquiera!

Sadie guardó la nota en su bolsillo y bajó la escalera.

—¡Hola! —le dijo Alison—. Me preguntaba cuándo ibas a bajar. Es casi hora de cenar.

Sadie estuvo muy silenciosa durante la cena. Estaba intrigada y un poco inquieta. Pensaba preguntar a Pam de dónde había sacado la nota... quién se la había entregado... pero Pam no bajó a cenar.

—Tiene un dolor de cabeza terrible y la señorita Roberts la ha enviado a que la vea el Ama —dijo Janet—. Tiene fiebre.

Prudencia se alegró de que Pam no fuese con ella aquella noche. Se estaba cansando de hacerle creer que todo lo hacía por el bien de Carlota. Miró a Carlota para ver si la niña daba muestras de haber recibido la carta. Carlota, al ver que la miraba, le dedicó una de sus muecas características. Prudencia bajó la vista, molesta, y miró a otro lado. Carlota sonrió. Prudencia no le importaba un bledo y le encantaba mortificarla.

CAPÍTULO XVIII

UNA NOCHE EMOCIONANTE

Aquella noche Sadie permaneció despierta hasta que el reloj dio las once menos cuarto. Todavía estaba la luz encendida, pero todas sus compañeras de dormitorio dormían. Sadie se levantó silenciosamente para vestirse. Nadie la oyó, salió del dormitorio y bajó la escalera. En pocos momentos estuvo en el jardín. ¡Tras ella se deslizó una sombra oscura... ¡Prudencia! Claro que Prudencia creía que estaba siguiendo a Carlota. No tenía la menor idea de que fuese Sadie. Prudencia se había levantado a las diez y cuarto y había salido del dormitorio contiguo al de Sadie, temerosa de que si esperaba a más tarde, Carlota se fuese sin que ella tuviera oportunidad de seguirla. Estaba tan convencida de que la carta había sido para Carlota que ni por un momento miró el nombre que estaba escrito en el sobre.

A eso de las once y cuarto, Alison se despertó de pronto con dolor de garganta. Carraspeó y luego tragó saliva Le costaba gran esfuerzo. Sabía que Sadie tenía unas pastillas y decidió despertarla para pedírselas. De manera que la niña saltó de la cama y se dirigió a la habitación de Sadie.

Alargó la mano para despertar a Sadie... ¡y con el mayor asombro descubrió que no se hallaba allí! ¡Su cama estaba vacía! Su ropa tampoco estaba... de manera que se había vestido. Alison se sentó encima de la cama muy asombrada y dolida. ¿Por qué Sadie no le había dicho que iba a salir? ¿Pero dónde diantre podía haber ido? No era posible que se celebrase un festín de medianoche ni nada parecido porque era evidente que todas estaban acostadas... a menos que fuese otro dormitorio el que celebrase la fiesta y hubieran invitado a Sadie.

«Bueno, Sadie debía habérmelo dicho, aunque a m» no me hubiesen invitado —pensó Alison, contrariada—. Iré a echar un vistazo al dormitorio de las mellizas para ver si celebran algo.»

Así que se llegó al dormitorio contiguo... pero todas las camas estaban llenas... con excepción de una. ¡Qué extraño! Alison se quedó allí pensando... y entonces oyó un susurro. Era Pat.

—¿Quién está ahí? ¿Qué estás haciendo?

—¡Oh, Pat!... ¿estás despierta? —dijo Alison en voz baja acercándose a su cama—. Escucha... Sadie se ha ido. Se ha vestido... y su cama está vacía. No sé por qué, Pat, pero estoy preocupada. Sadie no parecía la misma esta noche... ha estado muy callada y como inquieta. Lo he observado.

Pat se incorporó, intrigada. Sadie no solía hacer nada fuera de lo normal.

—¿A dónde puede haber ido? —dijo.

—Ei, en tu dormitorio también hay una cama vacía —exclamó Alison—. ¿De quién es?

—Cielos... es la de Prudencia —replicó Pat, estupefacta—. ¡No me digas que esas dos han salido juntas! Yo creí que Sadie detestaba a Prudencia.

—Y así es —dijo Alison, más intrigada que nunca. Un movimiento en la cama más próxima hizo que las dos se volvieran, y la voz de Carlota llegó hasta ellas en un susurro cauteloso.

—¿Qué estáis haciendo las dos? ¡Vais a despertar a todo el mundo! ¿Ocurre algo?

—Carlota... es muy extraño... Sadie y Prudencia no están en sus camas —dijo Pat, y Carlota se incorporó en seguida, recordando la nota que había entregado a Sadie.

—Me pregunto si tendrá algo que ver con la nota que Pam me dio a mí en vez de entregársela a Sadie—exclamó Carlota.

—¿Qué nota?—preguntó Alison. Carlota se lo dijo mientras Pat y Alison la escuchaban sorprendidas.

—Yo creo que hay algo extraño en todo esto —dijo Carlota—. De veras.

—Y yo también —dijo Alison intranquila—. Yo quiero mucho a Sadie, ¿vosotras creéis... vosotras creéis que la han raptado... o algo por el estilo? Explicó que en cierta ocasión casi la raptan en América. Ya sabéis que es muy rica, y su madre la mandó aquí por temor a que volvieran a raptarla en América. Ella me lo dijo.

Carlota era más crédula que la imposible Pat, y se levantó de la cama.

—Yo creo que lo primero es ir a preguntar a Pam de dónde sacó esa nota —propuso Carlota.

—Está en la enfermería —contestó Pat.

—Iremos allí entonces —dijo Carlota—. Despertemos a Isabel. De prisa.

—Ha ido al camino de la granja y Prudencia había ido allí para espiarla.

No pasó mucho tiempo cuando Alison, Carlota y las mellizas estaban atravesando los jardines del colegio en dirección al edificio que llamaban sanatorio. Allí era donde guardaban cama todas las niñas que estaban enfermas. La puerta estaba cerrada, pero la ventana de la planta baja estaba abierta. Carlota entró silenciosamente. ¡Trepaba como un gato!

—Quedaos aquí —dijo a las otras—. No hay que despertar al Ama. Buscaré a Pam y le preguntaré lo que queremos saber.

Y avanzando por la oscura habitación se dirigió a la escalera y subió penetrando en una estancia de la que salía una luz tenue. Allí estaba Pam, despierta, tratando de refrescar su ardiente frente con un pañuelo mojado. Al ver a Carlota entrando con sigilo en su habitación se asustó.

—¡Chisss! —susurró Carlota—. Soy yo Carlota. Pam... ¿de dónde has sacado esa nota... la que tú me entregaste a mí?

—Esta tarde Prudencia y yo encontramos a un hombre de aspecto extraño en el camino de la granja —replicó Pam—. Y nos dijo que deseaba enviar un recado a una persona. Prudencia cogió la nota con intención de entregártela a ti. Pero tuve que dártela yo. Ese hombre quería que tú te reunieras con él allí a las once de la noche... o con otra persona. ¿Por qué? ¿Qué ha ocurrido?

—La nota no era para mí... sino para Sadie —dijo Carlota muy intrigada—. ¿Os dijo ese hombre que era para mí?

—Pues, ahora que lo pienso no mencionó ningún nombre —dijo Pam frunciendo el ceño como si tratase de recordar la conversación—. Pero Prudencia dio por hecho que estaba hablando de ti.

—¡No me extraña! —exclamó Carlota muy seria—. ¡Y ya sé dónde está ahora! Pensó que ese hombre era uno de mis despreciables amigos del circo, como ella les llama... y quiso seguirme hasta allí... para espiarme y luego denunciarme. ¡Conozco a Prudencia! Pero da la casualidad de que la nota no era para mí... y tengo el presentimiento de que la pobre Sadie va a pasarlo mal. Ha ido al camino de la granja... y apuesto a qué Prudencia ha ido allí también para espiarla.

—Sí, es verdad —dijo Pam asustada y pesarosa, mientras las lágrimas resbalaban por sus mejillas—. Oh, Carlota... todas suponéis que soy amiga de Prudencia... Pero me disgusta tanto. Me ha puesto enferma. Y la verdad es que le tengo miedo.

—No te preocupes —dijo Carlota consolándola y acariciando su mano ardiente—. Después de esto ya nos ocuparemos de Doña Leche-Agria. Si no tiene cuidado va a verse en un apuro serio.

La niña regresó junto a las otras por donde había entrado. La esperaban impacientes y les contó en pocas palabras lo que había sabido.

—¿Deberíamos despertar a la señorita Theobald? —dijo Pat preocupada.

—No... primero veremos lo que está ocurriendo. Puede que no sea gran cosa —dijo Carlota—. Vamos al camino de la granja.

Las cuatro niñas cogieron sus bicicletas y se alejaron en la oscuridad. La luz de las estrellas les bastaba para distinguir el camino. Antes de llegar a la granja vieron una figura sollozante que corría hacia ellas. ¡Era Prudencia!

—¡Prudencia! ¿Qué te ocurre? ¿Qué ha pasado allí? —exclamó Pat alarmada.

—¡Oh, Pat! ¿Eres tú? ¡Oh, Pat! ¡Ha ocurrido algo terrible! —sollozó Prudencia—. ¡Sadie ha sido raptada! ¡De verdad, de verdad! Yo creí que estaba siguendo a Carlota cuando salí esta noche poco antes de las once... pero era Sadie... y cuando llegó cerca de la granja, salieron dos hombres y la cogieron. La llevaron hasta un coche que estaba escondido y la hicieron subir. Yo estaba escondida detrás del seto.

—¿Les oíste decir algo? —preguntó Carlota.

—Sí... dijeron algo de un lugar llamado Jalebury —sollozó Prudencia—. ¿Dónde está?

—¡Jalebury! —exclamó Carlota asombrada—. Yo sé dónde está Jalebury, ¡si es a donde iba el circo! ¿Estás segura de haberles oído decir que iban a llevar allí a Sadie?

Prudencia estaba completamente segura, y Carlota se montó en su bicicleta.

—Voy a ir hasta la cabina telefónica que hay al final del camino —gritó—. ¡Los raptores van a llevarse una buena sorpresa cuando lleguen a Jalebury!

Llegó hasta la cabina y saltó de la bicicleta, desapareciendo dentro de la pequeña cabina telefónica, donde estuvo buscando un número en la guía. Al cabo de un par de minutos su vocecilla excitada llenaba la cabina explicando lo ocurrido y pidiendo ayuda.

Al cabo de cinco minutos estaba de vuelta con las otras.

—He telefoneado al circo —dijo—. Estarán esperando el coche, y lo detendrán rodeándolo... y si no rescatan a Sadie me comeré mi sombrero.

—¡Oh, Carlota... eres verdaderamente maravillosa! —exclamó Pat—. ¿Pero no hubiera sido mejor avisar a la policía?

—No se me ha ocurrido —replicó Carlota—. Verás... en la vida de circo procuramos evitar el trato con la policía. Y ahora... voy a participar de la diversión. Conozco el camino hasta Jalebury. ¡Pero no voy a ir en bicicleta!

—¿Cómo irás entonces? —quiso saber Pat.

—¡A caballo! —exclamó Carlota—. Cogeré uno de los que estuve montando esta mañana temprano. Están muy cerca de aquí... y si les llamo cualquiera de ellos se vendrá conmigo. ¡Lo que voy a divertirme!

La niña desapareció dentro de un campo, mientras las mellizas, Alison y Prudencia la miraban a la luz de las estrellas. Carlota era sorprendente. Iba derecha a lo que deseaba, sin que nada pudiera detenerla. A los pocos minutos oyeron el batir de los cascos de un caballo... y fue la última vez que vieron a Carlota aquella noche.

CAPÍTULO XIX

¡CARLOTA ACUDE AL RESCATE!

Carlota conocía muy bien aquellos alrededores. Llevó el caballo a través de campos y colinas mientras su sentido de orientación le decía exactamente por dónde debía ir. Durante todo el camino iba reflexionando intensamente y sonrió con pesar al acudir a su memoria el recuerdo de Prudencia.

—¡Esta vez ha ido demasiado lejos! —pensó mientras galopaba en la noche. El caballo respondía perfectamente a las firmes manos de la niña—. Espero llegar a Jalebury a tiempo de tomar parte en la diversión.

¡No llegó a tiempo! Pero cuando al cabo de algún tiempo llegó a la pequeña población, vio luces en el gran prado donde estaba el campamento y galopó rápidamente hacia allí. Dejó que el caballo saltase la cerca que rodeaba el circo.

Una voz la llamó.

—¿Quién anda ahí?

—¡Oh, Jim... soy yo, Carlota! —exclamó—. ¿Ha ocurrido algo? ¿Recibisteis mi aviso?

—Sí lo recibimos —contestó el hombre acercándose

al caballo, que jadeaba—. Y ya tenemos a la niña. Es muy bonita, ¿verdad?

—Mucho —replicó Carlota riendo— ¡Y o no conozco a Sadie, u os pidió en seguida de ser rescatada un peine para arreglar sus cabellos, o polvos para su nariz! Cuéntame lo que ha ocurrido.

—Pues, en cuanto recibimos tu aviso llevamos un carromato a la carretera y lo colocamos atravesado allí... mira, donde tuerce hacia la ciudad —dijo el hombre señalándole una carretera no mucho más ancha que un camino vecinal, y que corría entre altos árboles—. No había nadie por allí, y no pasó ningún coche... hasta que de pronto llegó uno a toda velocidad. Adivinamos que era el que esperábamos.

—¡Oh... si hubiera estado aquí! —se lamentó Carlota—. Continúa. ¿Qué ocurrió?

—Pues cuando el coche vio el carromato a la luz de los faros se detuvo, naturalmente —dijo Jim—. Fingimos que nuestro carro se había atascado y que lo estábamos empujando con todas nuestras fuerzas. Uno de los hombres se apeó del coche para ver qué ocurría... y llamó al otro para que viniera a ayudarnos para poder quitar de en medio el carro. De manera que yo me acerqué sigilosamente al coche, y allí en la parte de atrás y atada como un pollo, con un pañuelo tapándole la boca, estaba tu amiga... La saqué en un periquete, naturalmente, y la escondí detrás del seto.

—¡Buen trabajo! —exclamó Carlota disfrutando enormemente con el relató.

—Y muy rápido —convino el hombre—. Bueno, luego volví con los otros, les guiñé un ojo y quitamos el carro en un santiamén despejando la carretera. Los dos hombres volvieron al coche y sin mirar detrás para ver si la niña seguía allí... emprendieron la marcha sin ella.

Carlota comenzó a reír. ¡Le parecía muy divertido pensar que los dos raptores habían sido burlados con tanta facilidad y que corrían en la noche en un coche vacío!

—¿Qué pensarán cuando se vuelvan y vean que Sadie ha desaparecido? —dijo—. Lo hiciste muy bien, Jim. Ahora no necesitamos llamar a la policía ni armar ningún alboroto. Puedo llevar a Sadie al colegio y nadie necesita saber nada de lo ocurrido. ¡Estoy segura de que a la señorita Theobald no le gustaría que los periódicos publicasen el rapto de la señorita Sadie Greene con grandes titulares!

—Ven a hablar con ella —dijo Jim, y Carlota le acompañó llevando al caballo sujeto por sus espesas crines. Llegaron ante un gran carromato y subieron el tramo de escalones. Dentro estaba Sadie, peinándose sus alborotados cabellos a la luz de una lámpara de petróleo. Una mujer estaba sentada a su lado observándola. Nadie daba la sensación de que hubiera ocurrido nada extraordinario. ¡Como si rescatar niñas en plena noche fuese una cosa corriente! Ni siquiera Sadie estaba excitada... pero claro, ella rara vez lo estaba.

—Hola, Sadie —le dijo Carlota—. ¿Peinándote como de costumbre?

—¡Carlota! —exclamó Sadie sorprendida—. ¿Cómo has llegado hasta aquí? Fui una estúpida y volvieron a raptarme. Con esa nota que tú abriste por error quisieron que creyera que me la enviaba una antigua sirviente nuestra a la que quería mucho... y fui a verla... y me cogieron dos hombres. Y luego alguien me ha despeinado mucho, por eso me estoy arreglando.

Carlota sonrió.

—¡Si te cayeras de un avión lo único que te preocuparía es si el aire te despeinaría! —le dijo. Le contó a Sadie todo lo ocurrido, y como Prudencia la había seguido creyendo que era Carlota.

—¡Cielos! —exclamó Sadie—. Qué noche. Supongo que lo mejor será que regresemos al Santa Clara, ¿no te parece?

—Pues creo que es lo que debemos hacer —replicó Carlota—. Comprende, Sadie, me figuro que la señorita Theobald no querrá que esta historia circule por todo el país... y sé que la gente de circo no quiere tratos con la policía. Nunca la avisan. De manera que yo creo que lo mejor es que regresemos tranquilamente al colegio y no digamos nada. Tengo un caballo ahí fuera... que he cogido de un campo. ¿Tú crees que podrás montarlo tranquila conmigo?

—Estoy segura de que no podré —replicó Sadie al punto.

—Oh, bueno... tendrás que intentarlo —dijo Carlota impaciente—. Puedes cogerte de mi cintura y apoyarte sobre mí, ¡vamos!

Las dos niñas fueron en busca del caballo. Jim lo tenía fuera del carromato. Carlota montó de un salto y habló con el hombre.

—Gracias por todo lo que habéis hecho —dijo—. No lo olvidaré. No digáis nada a nadie, ¿lo haréis?

—¡Puedes darlo por hecho! —replicó Jim—. Eso entra en el trabajo ordinario de cada día. Ven a vernos otra vez, Carlota. Siempre he dicho y siempre diré que estás perdiendo el tiempo en el colegio... deberías estar en el circo como siempre has estado... montando caballos. Eres una maravilla.

—Ah —dijo Carlota—, las cosas no salen siempre como deseamos. Sadie, ¿qué estás haciendo? ¿Es que no puedes montarte de un salto detrás de mí?

—No puedo —contestó Sadie—. Este caballo parece enorme.

Jim la ayudó y la niña, sin darse cuenta, se encontró sentada detrás de Carlota. Se agarró a ella con todas sus fuerzas, y el caballo emprendió el galope. Carlota le hizo saltar la cerca, y arriba fue el caballo con las dos niñas encima aterrizando limpiamente al otro lado. Sache chilló de miedo y casi se cae.

—¡Déjame bajar, déjame bajar! —gritaba—. ¡Carlota, DÉJAME BAJAR!

Pero Carlota no le hizo caso y siguió galopando a través de la noche estrellada, mientras la pobre Sadie subía y bajaba saltando tras ella.

—¡Oh! —exclamó Sadie—. ¡Dile al caballo que no salte tanto, Carlota! Carlota, ¿no me oyes?

—¡Eres tú quien salta sobre el caballo! —replicó Carlota con una carcajada—. ¡Sujétate bien, Sadie! ¡Sujétate bien!

Pero aquello era demasiado para Sadie, y cuando llevaban recorrido la mitad del camino, se soltó repentinamente, resbaló del caballo y cayó al suelo con un grito. Carlota detuvo el caballo al punto.

—¡Sadie! ¿Te has hecho daño? ¿Por qué hiciste eso?

—Tengo muchas agujetas —dijo la voz de Sadie desde el suelo—. Carlota, yo no vuelvo a montar en ese caballo saltarín ni un paso más. Prefiero andar.

—¡Qué pesada eres! —replicó Carlota saltando al suelo con ligereza. Levantó a Sadie y pronto hubo comprobado que no había sufrido ningún daño—. Tardaremos años en volver. Tendremos que andar todo el camino y yo deberé guiar al caballo. ¡Llegaremos de día!

—Quisiera saber lo que estarán pensando las otras niñas —dijo Sadie cojeando junto a Carlota—. ¡Apuesto a que estarán rabiando por saber lo que ha ocurrido!

¡Las otras estuvieron preocupadas y haciendo mil conjeturas hasta que se cansaron! Habían regresado al colegio y habían despertado al resto del dormitorio de las mellizas. Las niñas comentaron lo ocurrido preguntándose si debían decírselo o no a la señorita Theobald. Al fin Hilaria decidió que era preciso decírselo. Carlota y Sadie aún no habían regresado, y Prudencia estaba casi histérica, y asustada como jamás en su vida al pensar en el jaleo que había armado por ser una entrometida.

—Mirad... está amaneciendo —dijo Pat mirando hacia el este, donde iba apareciendo un ligero resplandor plateado—. Dentro de media hora habrá salido el sol. Por amor de Dios... vamos a decírselo ahora a la señorita Theobald. No podemos esperar más a Carlota.

Así que Pat e Isabel bajaron para despertar a la señorito Theobald, quien escuchó con creciente alarma su curioso relato. Acababa de extender la mano para coger el teléfono para ponerse en contacto con la policía cuando Pat lanzó un grito.

—¡Mire! ¡Mire, señorita Theobald! Ahí regresa Carlota... y Sadie viene con ella ¡Oh...muy bien por nuestra Carlota!

Cierto, allí estaba Carlota avanzando por los jardines del colegio y Sadie iba a su lado cojeando. Habían devuelto el caballo a su campo y llegaban al colegio justo cuando se levantaba el sol. Habían recorrido un largo camino y estaban muy cansadas.

La señorita Theobald las tuvo en su habitación en un abrir y cerrar de ojos, y quedó completamente asombrada por el extraño relato que acababa de escuchar. Hizo que las niñas tomaran cacao caliente con galletas y luego, ante el inmenso disgusto de Carlota llevó a las somnolientas niñas al sanatorio, despertó al Ama y le ordenó que las acostara y permanecieran allí con paz y tranquilidad.

—Pero señorita Theobald —comenzó Carlota, pero no le hizo el menor caso y no tardaron mucho en verse ella y Sadie acostadas en cómodos lechos donde quedaron profundamente dormidas.

—Si las hubiera dejado volver a sus dormitorios hubieran estado charlando hasta que sonara la campano de la mañana —dijo la señorita Theobald—. Ahora vosotras volved a la cama también y mañana se arreglará todo. ¡La verdad es que todo esto me parece un sueño!

Pero no era un sueño, y a la mañana siguiente, como bien había dicho la señorita Theobald, hubo que arreglarlo todo.

Se decidió que el asunto debía ser puesto en conocimiento de la policía, pero guardando el mayor secreto posible. Carlota vivió la emoción de ser entrevistada por apuestos policías... y Prudencia tuvo que soportar ser también interrogada seriamente. Estaba asustada como jamás en su vida. Pudo haber mentido y zafarse de cosas desagradables en otras ocasiones... pero no pudo librarse de aquélla.

—Quiero irme a mi casa —sollozó ante la señorita Theobald—. Me siento enferma. Déjeme volver a casa.

—No —replicó la señorita Theobald—. Tú quieres huir de los problemas que has provocado, Prudencia. Te quedarás aquí para hacerles frente por desagradable que te resulte. A menos que quieras que se lo cuente todo a tus padres, te quedarás aquí y harás frente a los hechos. Espero que eso te sirva de lección. Claro que no pienso dejar que sigas en el Santa Clara después de finalizado el curso. Ahora ya no te querría ninguna niña. Pero vas a aprender una lección muy amarga durante el resto de este curso... y espero, Prudencia, que saques algún provecho de ella. Necesitas un escarmiento para que aprendas lo que tienes que aprender.

A la madre de Sadie tuvieron que ponerla al corriente del intento de rapto de su hija y llegó al Santa Clara presa de gran excitación dos semanas antes de finalizar el curso. Deseaba llevarse a Sadie inmediatamente, pero la señorita Theobald la persuadió para que no lo hiciera.

—Puede usted estar segura de que ahora no permitiremos que vuelva a ocurrir una cosa así —le dijo—. Claro que si usted lo desea puede llevársela al finalizar el curso. Tal vez quiera llevarla de nuevo a América con usted. Sadie es demasiado mayor para estar en el Santa Clara, señora Greene. Si pudiera dejarla aquí uno o dos cursos más, para que sentara un poco la cabeza y tratase de ser algo más parecida a una colegiala, yo estaría encantada de tenerla, ¡pero tal vez usted no quiera que sea una colegiala vulgar!

La señorita Theobald estaba en lo cierto. La señora Greene era como Alison, una cabeza llena de pájaros. No tenía la menor inteligencia, y su único interés en la vida eran sus trajes, divertir a los demás... y su preciosa hija, Sadie. Echó un vistazo a las alumnas del Santa Clara, algunas con trenzas, otras con el cabello corto, algunas con pecas, unas feas y otras bonitas.

—Bueno —dijo—, no se moleste conmigo por lo que voy a decirle, señorita Theobald... pero no me gustaría que Sadie fuese como estas niñas. Mi Sadie es bonita, y además atractiva, y mona. Yo no llamaría mona a ninguna de estas niñas. ¿Y usted?

—No, yo tampoco —repuso la señorita Theobald risueña—: No les enseñamos a ser monas, señora Greene. Aprenden a ser independientes, responsables, amables e inteligentes, pero no las enseñamos a ser monas.

—Bueno... me parece que dejaré aquí a Sadie hasta final de curso de todas maneras —dijo la señora Greene tras una pausa—. Me quedaré en el hotel de la ciudad para no perderla de vista. Parece haber simpatizado mucho con esa preciosa niña que se llama Alison. La dejaré estar aquí sólo hasta fin de curso, y luego volveré a llevármela a América... y tal vez Alison quiera venir también. Es la niña más mona de todas las de aquí.

La señorita Theobald tomó nota mentalmente de advertir a la madre de Alison para que no la dejase ir a América con Sadie.

CAPÍTULO XX

FIN DE CURSO

Y ahora el curso llegaba rápidamente a su fin. Hubo partidos de tenis, concursos de natación y otros deportes. ¡Y también exámenes! Los días estaban muy ocupados y todo el mundo tenía mucho quehacer desde la mañana hasta la noche. Las niñas estaban muy contentas... todas excepto Prudencia, y nadie, ni siquiera Pam, sentía compasión de ella. Ninguna supo que iba a dejar el colegio, y Prudencia no dijo ni una palabra.

Pam había estado enferma un par de semanas... y la señorita Theobald llegó a la conclusión de que su enfermedad era debida al exceso de trabajo y a su tristeza. Carlota le había hablado de la amistad de Pam con Prudencia y de lo desdichada que había sido por su culpa.

—Ahora, Carlota, puedes hacer algo por mí —dijo la señorita Theobald—. Hazte amiga de Pam, por favor, y procura que Prudencia no intente volver a dominarla. Pam es muy buena, demasiado espabilada para su edad... y me parece que le haría bien retroceder un poco, en vez de trabajar tanto. ¡Tómala bajo tu protección, Carlota, y hazle reír un poco!

Carlota quedó muy sorprendida ante aquella petición, pero muy orgullosa. Sentía gran admiración por la Directora, y ambas se comprendían perfectamente. Así que, cuando Pam salió del sanatorio bastante pálida y abatida, y temerosa de que Prudencia volviera a atacarla de nuevo, se llevó una agradable sorpresa. ¡Carlota siempre estaba a su lado! Carlota apartaba a Prudencia, y pedía a Pam que fuera a pasear con ella o que la ayudara a preparar las lecciones. Pam no tardó en sentirse mucho más feliz y su pequeño rostro resplandecía siempre que Carlota se acercaba.

—Ha sido un curso algo extraño, ¿verdad? —decía la señorita Roberts a *Mam'zelle*—. Al principio pensé que las nuevas no iban a acostumbrarse nunca a estudiar... y, desesperada, ya había dado a Bobby por perdida.

—¡Ah, esa Bobby! —exclamó *Mam'zelle* llevándose las manos a la cabeza al recordar todas las bromas de la niña—. ¡Esa Bobby! Pero ahora ha comenzado una nueva hoja... no, no es así como dicen ustedes... ha comenzado una nueva página... ¡Y estudia y estudia!

—Sí... desde luego que Bobby ha cambiado mucho —replicó la señorita Roberts—. Hace uso de su inteligencia... y tiene mucha. Estoy muy satisfecha de ella. Aunque estoy preocupada por la pequeña Pam Boardman... estudia demasiado.

Mam'zelle sonrió.

—Ah, sí... pero ahora que tiene a Carlota por amiga, ya no estudia tanto. Siempre hemos de contener a Pam para que no estudie demasiado... juega poco. Pero Carlota la ayudará en eso. Es extraña esa amistad.

—No me extrañaría que la Directora tuviera que ver

en esto —comentó la señorita Roberts—. Ya sabe usted que es una mujer notable. Conoce a las niñas por dentro.

—Pues... he oído decir que Prudencia y Sadie dejan el colegio —dijo *Mam'zelle*—. Eso me parece bien. ¡Ah, esa Prrrrrrrudencia! ¡Cómo la detesto!

—Tiene que aprender muchas lecciones en esta vida —dijo la señorita Roberts muy seria—. Aquí le han dado una muy grande, y ha aprendido por primera vez a verse tal como es... y durante dos o tres semanas tendrá que soportar la prueba de saber que las demás también la ven tal como es. Ah, bueno... no sé por dónde saldrá. Es un problema... ¡y celebro no tener que resolverlo!

—A Sadie tampoco se la echará de menos —dijo *Mam'zelle*—. Como no sea esa tontina de Alison. Esa niña americana le ha sorbido el seso. ¡Ah, y cómo me han hecho enfadar las dos este curso!

La señorita Roberts rió.

—Sí... este curso se ha llevado usted buenos berrinches, *Mam'zelle* —le dijo—. Pero no importa... pronto terminará... luego vendrán las vacaciones de verano... y no tendremos que enseñar a niñas cargantes.

—Y cuando llegue septiembre las dos diremos: «¡Ah, qué agradable será volver a ver a esas niñas cargantes!» —rió *Mam'zelle*.

Las niñas sentían que se acabara el curso. Margery Fenworthy ganó el campeonato de tenis representando al colegio, y también el de natación. Carlota ganó el de saltos. Bobby consiguió batir una marca para el primer curso nadando bajo el agua y fue calurosamente aplaudida y vitoreada. ¡Nadie quedó más sorprendido que ella!

—Te lo mereces, Bobby —le dijo Belinda dándole

una palmada en la espalda—. Palabra que has adelantado mucho en tenis y en natación. ¡Estoy orgullosa de ti, Bobby la Despreocupada!

Bobby estaba contenta. En sus estudios había prosperado tanto como en los deportes, y sentía un nuevo respeto por sí misma. Janet también estudiaba ahora que Bobby lo hacía, y las mellizas seguían su ejemplo.

—El curso que viene podréis pasar a segundo y me dejaréis en buen lugar —dijo la señorita Roberts al darles las notas de los exámenes—. ¡Bobby, eres la primera en geografía! ¡Sencillamente maravilloso! Pam, tú también lo has hecho muy bien. Y vosotras, las mellizas O'Sullivan, habéis conseguido el segundo lugar en la mayor parte de las asignaturas... eso está muy bien. ¡Hilaria, tú eres la primera de la clase, como debía ser! Lamento decir que Prudencia, Doris, Alison y Sadie están casi las últimas, como de costumbre. ¡La gran sorpresa es Carlota, que lo ha hecho mucho mejor de lo que esperaba! Yo creo, Pam, que tu ayuda ha hecho mucho bien a Carlota haciéndola conseguir un puesto más elevado del que yo suponía.

Pam enrojeció de placer. Carlota pareció divertida y asombrada. La señorita Roberts continuó con sus comentarios acerca de cada alumna basándose en su trabajo durante el curso y el resultado de los exámenes. La mayoría de las niñas de primer curso, con excepción de Pam, que era demasiado joven, iban a pasar a segundo el curso siguiente.

—Eso está bien —decía Janet más tarde—. Así podremos seguir todas juntas... y las dos que menos nos gustan, que son Sadie y Prudencia, no estarán aquí. Oí por casualidad algo que *Mam'zelle* decía con su Potente voz a la señorita Roberts. Bueno... debo confesar que es una buena noticia que Prudencia no vuelva.

—¿De veras no va a volver? —preguntó Janet—. Bien, voto porque si es así, seamos algo más amables con ella. Últimamente parece muy desdichada.

De manera que durante los dos o tres últimos días del curso, las niñas dulcificaron su actitud hostil hacia Prudencia, y la niña recuperó algo de su confianza y alegría. Había empezado a aprender su lección, y no hizo el menor intento por mentir o fanfarronear, como tenía por costumbre. Pobre Prudencia... ella era su peor enemigo, y siempre lo sería.

Llegó el último día con el acostumbrado apresuramiento por hacer las maletas y decirse adiós. Margery Fenworthy guardó con orgullo la hermosa raqueta que había ganado como premio del campeonato de tenis. Y Bobby guardó igualmente con orgullo el que le había correspondido por batir el record nadando bajo el agua, un precioso traje de baño. Todas las niñas estaban contentas y excitadas.

—Es una vergüenza que no pueda ir a América contigo —le dijo Alison a Sadie, medio llorosa sólo de pensar que tenía que decir adiós a su amiga—. No comprendo por qué mamá no me deja ir. No me olvides, Sadie. ¿Lo harás?

—Claro que no te olvidaré —repuso Sadie sintiendo lo que decía... pero era incapaz de recordar a nadie por mucho tiempo. Su verdadero interés radicaba en ella misma y en su aspecto... sus amistades no perduraban. Pero Alison lo ignoraba y apretó el brazo de Sadie con fuerza. Sentía que iba a echarla terriblemente de menos.

Llegaron los últimos minutos. Los adioses llenaron el aire cuando el autocar del colegio se detuvo ante la puerta para recoger a la primera remesa de niñas. *Mam'zelle* gritó cuando alguien dejó caer una maleta encima de su pie.

—¡Pat! *Que vous étes...* —comenzó a decir, y un coro de niñas terminó la frase por ella.

—¡ABOMINABLE!

Se oyeron risas mientras trataban de escapar de las manos de *Mam'zelle*, que dirigía cariñosos cachetes a su alrededor.

—Adiós, señorita Roberts —dijeron las mellizas. —Adiós, señorita Roberts —dijo Bobby.

—Adiós, señorita Roberts —dijeron todas las de primer curso, una por una.

—Adiós, niñas —respondió la señorita Roberts—. ¡Bueno... ya no tendréis que soportarme el próximo curso! Todas pasaréis a segundo, vais a ser muy importantes... y dejaréis atrás la primera clase. ¡Pobre de mí... cómo crecéis!

—¡Estarán deseando volver con usted, señorita Roberts! —rió la señorita Jenks, que estaba cerca—. Cielos, no saben con qué dragón tendrán que habérselas el próximo curso. ¡Cómo las haré trabajar! ¡Qué castigos más terribles guardo para ellas! ¡Cómo descubriré indefectiblemente todos sus trucos!

Las niñas rieron. Todas querían a la señorita Jenks y estaban deseosas de formar parte de su clase. Sería divertido. Una nueva clase y una nueva profesora... sí, la verdad es que iba a ser divertido.

Las de primer curso subieron al coche que las esperaba. Alison perdió su sombrero al subir y las niñas contemplaron sus cabellos.

—¡Alison! ¡Has vuelto a peinarte de esa manera tan rara! —exclamó Pat—. Lo llevas recogido sobre la coronilla como si tuvieses veintiún años! ¡Pareces un repollo! Te lo aseguro.

Alison enrojeció, y volviendo a ponerse el sombrero se dirigió a las mellizas con aire desafiante.

—Pues Sadie dice... —comenzó, y en el acto, con gran regocijo de todo el coche, entonaron el estribillo que todas sabían tan bien y lo estuvieron cantando hasta llegar a la estación.

—Sadie dice... Sadie dice... ¿qué «dice» Sadie? Sadie dice... Oh, Sadie dice... ¿qué «dice» Sadie?

Y aquí dejamos a las alumnas de primer curso por última vez, cantando camino de casa para gozar de las vacaciones. ¿Qué les ocurrirá cuando sean importantes alumnas de segundo? ¡Ah... ésa es otra historia!

FIN